LA NUEVA SENSIBILIDAD

AF192793

Manuel Gallego Arroyo

LA NUEVA SENSIBILIDAD

BIBLIOTECA DE AUTORES MANCHEGOS
DIPUTACION DE CIUDAD REAL

Primera edición: 2026

© Manuel Gallego Arroyo
© Diputación Provincial de Ciudad Real

Edita: Servicio de Cultura. Diputación Provincial
Biblioteca de Autores Manchegos
Plaza de la Constitución, 1
13001 Ciudad Real
Tel.: 926 29 25 75
Web: www.dipucr.es

Diseño gráfico de colección: Miguel López Vázquez/BAM
Imagen de portada: Roselino López

Coordinación editorial: Jesús Reviejo
Colección Literaria *Ojo de Pez*, número 116

Impresión: Producciones MIC, S.L.
ISBN: 978-84-7789-430-8
Depósito Legal: CR-1132-2025

Impreso en España

SENSIBLE PRÓLOGO

Estás, futurible lector, ante una novela que es la intimidad de sus personajes. Contada por lo tanto más desde dentro de ellos que desde fuera, curiosamente, para retratar cómo es la tierra que los alberga. Es decir, lector futurible, que te encuentras también ante los entramados de un alma colectiva de la que emanan dos posibilidades, que son como dos fuentes; una, hontanar de entraña que amenaza con secarse y que peligra; la otra escorrentía nueva, manantial extraño. Pero es el caso que aquella no puede persistir ante el empuje de unos tiempos que ni mucho le pertenecen y ante unos intereses que no puede controlar. Y esta, esta amenaza con arramblar todo.

Están los personajes pues en esta "neovelita" como presos en una pecera translúcida, y son personajes a su vez translúcidos. Porque están hechos de eso, de expuesta intimidad que ya no es intimidad por lo tanto; justo acabamos conociéndolos más por su sentimiento o su voluntad que por sus acciones. Siendo así que la interioridad y exhibido intimismo invita más a la estimación no ya de cómo sea cada uno de ellos, sino de lo que puedas ser tú, futurible lector. Porque hay que sospechar obligadamente que, por acaso, llegues a formar —si no lo eres ya— parte de esta alma colectiva, y que te veas obligado por lo tanto a estimar y desestimar la actitud y el sentir no ya ajeno, sino el propio. Tiene pues, esta ficción real, la virtud de lo individual y de lo intersubjetivo a manos llenas; vamos, lo que es la escorrentía de la variada sensibilidad de fauna manchega, sin la que tal vez los avatares que aquí se narran carecerían de sentido.

Es que la novela forma parte, según dice su autor, de una tetralogía con la que pretende retratar —mejor dibujar o diseñar— el alma manchega. Van ya publicadas dos: *La casa de María* y *La disyunción*. La primera cuenta la historia de aquel siglo XX apretado y de profundos cambios en un lugar de La Mancha. La segunda trata de una huida y de una reivindicación de la vida auténtica en que el campo manchego se convierte en sobrado protagonista. El alma, por fuera y por dentro quizás. Paisanaje y paisaje. Ya sabemos que posiblemente esto del alma sea una rara milonga que nos cantaron hace mucho, pero que, para bien, encierra en sí, aunque solo sea como concepto —tal decía Julián Marías—, los más excelsos secretos de la humanidad, de una sociedad o colectivo y sus correspondientes interrelaciones. Pues bien, esta novela ha tratado de poner alma o versar sobre el alma.

Así que, cuando el lector futurible estime estos personajes, se dará cuenta del inestimable bagaje dramático que llevan sobre sí y que también les aporta el exterior, lo de fuera, al cual ellos a su vez aportan. Pero algo rifa entre el mundo y ellos. Son personajes sensibles, sí, hechos de sensibilidad interna y externa, pero carenciales, anestesiados, algo rotos. Este es ya suficiente motivo para el optimismo, porque la sensibilidad es un asunto demodé, como el alma, pero cuyos contenidos, sean o no falsos o falsables, dan mucho más de lo que quitan o pueden quitar. Frente a las dos obras anteriores, esta novela trabaja el equilibrio difícil entre lo social y lo personal, la modernidad y la tradición, la vejez y la niñez, las relaciones entre sexos y generaciones, la herencia y el progreso. Obedece a una tirantez de extremos que a veces nos pasan desapercibidos en la vida corriente.

Vueltos al drama de los que vacan aquí, iremos identificando a cada uno de los protagonistas —porque los hay muchos— con símbolos y con cosas. Por ejemplo, identificaremos a Ramón con la aventura y la modernización que es otra suerte de aventura. Alonso lo identificaremos con el llano y con la tierra, la vejez vulnerable y la esperanza. A Elena con la luna, con su luz fría, la de una mujer joven que desea empoderarse. Y así se conforma un rosario de caracteres entre los que me quedaría con Isabel, la niña que sin duda es el nudo gordiano de esta trama, la niña en cuya posibilidad se podrían reunir, quizás, aquellas dos fuentes de las que hablábamos arriba, la novedosa y la agotada.

Para vagar por la riqueza y número de estos personajes el autor ha optado por presentarnos una sucesión de capítulos apretaditos y breves, intensos e internos que hacen que toda alma pueda ser protagonista; cada protagonista un alma distinta en el terruño y del terruño, en el espacio y del espacio en el lugar, que casi sin quererlo, o tal vez queriéndolo muy conscientemente, se transforma en historia más que geografía.

Es posible que gran parte del secreto repose en el uso del lenguaje que a veces llega a ser lírico y del que quizás tengamos recuerdos en Gabriel Miró o en Azorín, cuyas prosas andan sin duda por aquí. Y no extraña, porque lo lírico es un reclamo presente en gran parte de las obras de este autor, como lo es aquel extraño "neovelismo manchego" o forma de velar las historias con el que pretendía hacerlas discretas, ponerlas en realidad disimulada y disimularse a sí como narrador. Y a lo mejor es esto lo que hace posible que en una novela el fin, el desenlace del entramado, esté mucho antes del final, en el momento en que la nueva sensibilidad se pierde o se entrega para ser nada más recobrable en la sensibilidad del arte... pero eso ya lo verá el futurible lector.

V. Colorión Plata
La Pola Siero. Calpe. Agosto de 2025

A Fe y Miguel, mis padres.

A Antonia y Eugenio, mis suegros.

Para aquellas generaciones que tanto
nos legaron. Incluidos sus problemas.

A mi "pueblo".

UNO

Tras de los cristales y entre visillos, contempla el joven la lluvia, que cae del cielo en jaculatorias; los desperdicios, que las oraciones arrastran hasta los sumideros. "Extraña, quietísima tierra". Observa las lagunillas cargadas de melancolía que agonizan en las esquinas y las dolorosas ampollas que le salen al agua. "Son las gotas del otoño" —se dice—, y vuelve sobre la mesa los ojos cansados de lectura. Piensa que es, el otoño, una estación triste que va muy bien para los poetas y muy mal para los ingenieros. Que es estación decadente. Que toca la espalda como un plomo y derrama la vida "dejándonos, sin darnos cuenta, el vacío y el campo embarrado".

Luego, lento, vuelca en el PC los pensamientos y los guarismos, que caen como otro reguero de tinta invisible en los sumideros de la literatura tecnológica. Mira que tener él que escribir estas cosas. Suspira entonces, inconformista, y respira la tristeza húmeda abriendo las hojas de su balcón, inhalando con agresividad el refrescado, día último de septiembre. A Ramón le pesa la agonía y muerte del verano. Qué duda cabe de que le gustaría viajar, visitar novedosas ciudades, desandar rutas transitadas, posturearse entre monumentos y subirlo todo a las redes para dar que hablar. Pero, por el momento, vaga por las callejas de un pueblo extraño y envejecido, monótono y aburrido en el que se encerró hace ya dos años y del que ahora tiene que escribir. En él hiberna contemplando las nieblas, medita ensimismado, escribe informes, y trata de convencer a sus habitantes de las benevolencias de las energías renovables.

Bueno, así borra parte de las palideces de la soledad, con todas sus contradicciones, porque cada vez se encierra más en sí y se queda más solo. Y es que "siempre pesan más las cosas malas que las buenas". "No, si será verdad que el otoño es una cosa para poetas", para almas sensibleras, para plumas académicas, para tristes hipócritas. "Yo —apostilla— quiero el verano, amo el agosto rojo de ira, amo la alegría del infierno, la vida nómada…, luego tengo poco de poeta; o será que soy mediterráneo".

Vuelve sus ojos hacia el balcón, se levanta de nuevo y se asoma al gran espacio abierto, la plaza. Los improvisados arroyuelos arrastran y purgan todos los pecados del verano. Las ventanas empiezan a cerrarse, y las cortinas y visillos a esconder las intimidades. Nada más en el verano la intimidad no existe. Con las primeras lluvias todo se hace íntimo, silencioso, todo huele un poco más a muerte.

Cierra el PC como quien cierra un ataúd. Apaga las luces. Entorna el balcón. Se aísla. Ahora quiere huir del invierno porque sospecha que el invierno hiela la vida. Entre los visillos Ramón vigila el fluir de la lluvia, no se vaya a desbordar.

La torre

Ha salido muy temprano en busca de… no sabe el qué. Ha salido punzado por la angustia para conocer de buena mano por dónde paraba su alma. Ha salido, en fin, buscando lo que buscaba, así que, como siempre que le pasan estas cosas… ¡a contemplar el llano inquietante!

Con el bastón adelantando sus intenciones, desanda las calles más cetrino que nunca, más avizor. Avanza y avanza como si le llamasen para rendir cuentas. En el camino se da cuenta de que lleva las lentes puestas. Las guarda en el chaleco, sin detenerse. Ha olvidado el libro de poemas y su libretita de notas. Muy pocas veces siente Alonso, el héroe del "contraestímulo", la angustia de la prisa. A él le gusta esta otra angustia más lenta y disimulada, algo repetitiva que trae la conciencia. Por la boca le pasea una frase, se le esconde, se le asoma, se le insinúa y ríe: "es que esta angustiosa estepa nos está matando, porque se muere, se muere la pobre...".

Apenas había podido contener el disgusto cuando lo leyó, mientras tomaba el café. La ira le floreció de súbito en las pupilas, como si hubieran levantado con literatura la costra de una herida antigua, muy antigua y aún tierna. Echaba fuego por los ojos. De mirar más aquel artículo, hubiesen ardido el papel y el autor.

Ni de conserje, ni de la responsable del museo. No quería saber de nadie. Ni tampoco que supieran de él. Con esta última, Elena, ha dejado marchita la conversación y, resoluto él, ha enfilado los ascendentes escalones que conducen al mirador de la torre. La torre, la indiscreta torre, ese maravilloso panóptico que las manos humanas labraron en piedra sin saber muy bien en qué estilo.

Al final, el ascenso se le ha hecho penoso. A cada escalón que subía parecía tirar un año de su vida. Pero mereció la pena. Siempre merece la pena. "Ahora estoy más cerca de Dios —piensa, aunque con algo de culpabilidad, porque uno se siente un poco mirón—. No es que yo quiera parecerme a ese Fermín de Pas, pero hay que ver lo a gusto que se está aquí...". Se siente como restaurado, íntegro. Más juvenil, más ufano, más alegre. Ahí arriba se desprende uno del vestido de escepticismo. Mira más al natural, y se permite el repaso, detenido y distanciado, de la última lectura. La del disgusto. El mirador siempre regala una solución. Parecía que al fin iba a encontrar algo.

Alonso remira el horizonte. Todo es un inmenso mar de tierra. A los pies de la torre, se ven las casas apretujadas unas contra otras. Las grandes casas solariegas de inmensos patios. Las monteras, miradores y torreones. Tejados, calles anchas como ríos. Pequeñitas como afluentes. Las plazas, lagos. Y todo comunicado con la mar del campo.

"A lo mejor el joven ingeniero tiene razón. A esta tierra no se la puede vislumbrar de una sola ojeada, por lo menos desde ahí abajo. Ahí solo cabe poner nuestros ojos en una fachada, su balconada, su enrejado, su puerta. El limpio lienzo de un muro. Sí, todo lo más, tras de ellas, por encima de ellas, estará presente la torre, esta torre, el viejo cíclope, el faro de la llanura. ¿Qué sería del pueblo sin la torre? Desde allá abajo todo lo preside la torre, desde aquí arriba, se ve todo el llano. Se ve todo como invertido. Resulta que la torre es todo en la llanura, que la llanura es un inmenso desierto sin la torre".

El sol alcanzaba su cénit. De los campos huían los objetos en los brillos, que hacen señales a los ojos y, en la perfecta iluminación del ámbito, se hacen invisibles, porque todos gritan a la vez pidiendo ser vistos. Ahí los amarillos, los ocres, marrones terrosos, conviviendo. Era austera la tierra, sin galanterías, desnuda, sí, sincera pero cadavérica. Y el cielo tan azul, de un azul tan intenso que parecía que se iba a romper de un momento a otro. ¡Ya! ¡Ya! Era hombre nuevo, así que Alonso descendió los escalones paso a paso, uno a uno, y su corazón tomaba aquellos pesados ropajes que en el ascenso se había ido desvistiendo. Lo mejor sería convertir al hereje escritor a la profesión de fe de la tradición del llano.

ESCAPADAS

"Está borracho el crepúsculo —era el pensamiento de Ramón en tanto paseaba con su bicicleta las afueras de la población—, tal vez en esta meseta sea de las pocas cosas que se salen de lo corriente...". El sol había dado ya su fruto, y dejaba un zumillo rezongón de vejez y veladura. Los viejos caminillos enmarañaban los alrededores del cementerio como si fuesen redes para pescar muertos.

Necesitaba desarroparse de la monotonía, esa monotonía contraria a la vida y de la que culpaba a la tabla rasa de la tierra y a la inercia de la herencia. Los paseos en bicicleta eran su huida y él lo sabía: "... ¿y quién no huye?, todo cuanto puede emprender una persona es una huida. Cualquier acción es una huida de la inacción y cualquier inacción es huida de la acción. Las personas huyen de sí mismas sin darse cuenta; yo huyo de mí y huyo de esta anodinia que me envuelve. Ahora que lo dice el cielo, ya me gustaría clavar la daga del tiempo en estos campos intemporales, en estas casas cadavéricas".

Ennegrecidos, soñadores, los cipreses clavaban también sus picos en el cielo. Los tapiales blancos reverberaban y cegaban los contornos, los cardos se multiplicaban a sus anchas por la anchurosa tierra. El silencio lo inundaba todo. Solo el trepidante Ramón ponía un grano más de arena en el reloj monótono y aburrido. Pedaleaba. "Fue este aburrimiento el que enloqueció a don Alonso Quejana —se decía—, fue este soberbio "notiempo" lo que le derritió los sesos en el verano de la caballería andante, y fue eso lo que al fin le procuró la cordura, lo que le hizo saltar el horizonte... Pero eso no, para nada, que venga el horizonte a nosotros, que venga aquí con su máquina y sus relojes, con sus nuevas ideas".

Y, reía de sí, porque se veía más poeta que nunca. Y pedaleaba frenético por los caminos de la muerte, sudoroso, palpitando, dejando el relieve del neumático en la textura húmeda del polvo: una inusitada huella de la contemporaneidad.

Tenía esa peculiar manera de abrazarse al cuello como una enamorada perversa pero lánguida, dulce y agresiva. Mezclaba las extrañas resoluciones de las que beben los enamorados al ser poseídos o posesivos. Es verdad que necesitaba un hombre, y ahí estaban las expertas manos de Luis, esas manos que le servían de espejo, las manos poseídas, las manos herramienta. Su cuerpo, su alma, cobraban vida siendo para un hombre. Pero en el fondo Elena sabía que no era así. Elena amaba al hombre aquel por lo que tenía de autovivencia, era el hombre espejo y ya está. Había conseguido que él fuera sus propios ojos y que sus manos fueran su propio tacto. Es verdad que se sumergía en el hombre como pez sediento de amor, pero Elena no iba más allá de amarse a sí misma. Claro que tenía mucho miedo y temía mirarse reflexivamente en el estanque de aquellas pupilas que, como eran de él, la salvaban sin embargo de ser narciso.

Lobuna noche, la soledad se aferraba a los cuellos en forma de abrazos. Como el cielo era negro y no había estrellas, los labios ardían fríos. La soledad de náusea se convertía en soledad de besos. Es posible que la luna se hubiese ido a las tabernas y pasease las calles y las plazas completamente ebria. Se caía sobre los adoquines, se ocultaba tras de las rejas señoriales, y, si acaso, en un momento de lucidez, iluminaba algún escudo de armas. Las piedras también se sentían solas.

En la espesura del silencio de amor notaba Elena el hastío de amar, notaba la sensibilidad escondida por los rincones de la habitación, asustada, que no se atrevía a salir. Elena callaba y entreveía un raro vacío en las sombras del deseo de Luis. Elena se dejaba amar. Entonces vibró el móvil.

Apenas agoniza el río, lo abraza el yermo, lo abrazan los espurios campos, planos, alargados como estacas de austeridad. El río seco. Los árboles secos. El cielo, allá en el horizonte, sucio y empolvado y carnavalesco, también seco. Como si el estío fuera perpetuo y perpetua la sed. Sin embargo, notaba Alonso una extraña *refrialdad*, ese frío más interno que nos anuncia los hielos del invierno. Pero ¿qué invierno?

Entre los surcos, el pece polvoriento, roto y quebrado, viva imagen del anciano. Cuánto le hubiera gustado abrazar al enjuto campo. "Soy terreno —pensaba—, soy esta tierra, aunque dotada de movimiento, soy esta tierra dotada de pensamiento, soy esta tierra recortada por el horizonte y las serranías". Miraba la lejanía como quien busca al enemigo. Con su bastoncito golpeaba la marga y el duro barro encementado del nuevo puente sobre el río; se reía... "Curiosa obra cuando ya no habrá más agua. Las piedras, además, se caen de desamor, les falta amor. Bueno, pero donde amor no da, pone la tecnología". Desde el incongruente puente miraba la población, miraba la espigada torre antaño iglesia, hoy museo. El apretujamiento de las casitas bajo su regazo. Las nuevas edificaciones salpicando las afueras: otras torres, laicas de nacimiento, llenas de agujeritos, pero macizas. Luego, girando sobre sus pasos volvía a contemplar la ribera de viejos aluviones, la vega abandonada, los *arboluchos* estériles, el alejamiento indeciso del cauce secular en el llano, el vaivén de los recodos donde se bañaran sus abuelos... se dibujaba finalmente el revolar de la vida, al igual que en aquella sinuosa sierpe seca.

La conciencia se percató entonces de cómo su espíritu se estaba buscando y de cómo, precisamente, se hallaba a sí propio, siempre, en el entorno. En esa extraña intuición se le mostró con claridad que sus paseos no eran sino pura ansiedad de encontrarse y mucho miedo, un miedo que ya no respondía a sensibilidad alguna. Había quedado el miedo y la vieja sensibilidad se había muerto. Era imposible el reencuentro, era más una necesidad frustrada. Que, en la sed del cauce, en la sed del campo, en la sed del árbol, veía su sed de espíritu y, al tiempo, el hastío de los tiempos por todo aquello, el hastío suyo del tiempo presente. Descansando el cuerpo en el pretil, sacó el librito de poemas.

Mi amigo Otto

Juega Isabel con Otto. Saltan por el patio, a la vista de la asamblea de ancianos. Brinca el perro, peludo, brioso y vital. Sonríe inmensa Isabel en tanto rompe los blancos encalados con su alegría.

Tiene hoy el patio un lustre y un brillo que quita las tristezas. Se ha bañado el ambiente con las risas de la infancia, con la frescura de la espontaneidad.

—Mira, Otto, lo tengo aquí. Corre, corre —y echa su carrera al viento como quien deposita flores.

El gracioso animal la persigue. Junto a las yedras, los abuelos ponen un paréntesis en sus pensamientos y sustituyen los comentarios del luto por el blancor de los recuerdos. La nieta de enjalbegada piel también, juguetea con su amigo. Ella señala al perro una lagartija y él olfatea las hierbas sin saber muy bien lo que le dicen.

—Ven, abuelo, mira qué flor, es una flor muy bonita, mira Otto...

Otto olisquea la planta y la niña lo acaricia.

—Es una nomeolvides —responde el abuelo.

—No me olvides... No me olvides —y se lleva la niña la flor en sus labios corriendo.

—Pronto habrá muchas, son muchas las que crecen, porque la nomeolvides no puede vivir sola.

Isabel se ha detenido y, fresca, ha puesto un beso en la áspera mejilla del anciano. Otto ha ladrado. La abuela murmura desde su silla de enea, entre las yedras más frescas, la hierbabuena recién regada y las nomeolvides. El cielo azul dibuja su infinito de alma. Isabel es muy feliz en la casa de sus abuelos y no quiere volver a la ciudad.

El diario

En verdad que él no entiende para nada por qué tienen que disimular. Por qué no pueden irse a vivir juntos. Por qué no se dirigen la palabra en la calle, en público, en la escuela. No sabe nada. Pero ella le gusta. Pero la quiere. Bueno, no sabe si la quiere, aunque le gustaría estar más tiempo con ella. Y salir, y viajar. Llevarla y presentarla a sus padres y que puedan decirle: "hijo, qué afortunado que eres". Pero no, no. Así que, como siempre que sale, él escribe en absoluta soledad.

Hoy, como si el otoño me hubiera llamado, he tenido ese placer inmenso de salir al aire libre para respirar mi pipa. Pasear las calles del viejo pueblo es una delicia. Andar viejas callejas, sentarse en los jardines, charlar brevemente con algún conocido... Es un paseo, un simple paseo. Me he vestido para la ocasión: la desusada chaqueta, el jersey de cuello alto, los zapatos granates. Hay que ponerse un puntito aristocrático porque saco a pasear mi pipa. Sin pipa me incomodo, en consecuencia, va en mi mano espantándome los miedos. Aquí los ojos son muy indiscretos, muy inspectores. Un paseo sin pipa es el equivalente a un calvario, un calvario sin Cruz, que es una cosa muy ridícula.

La noche llega pronto y con la noche llega el vinillo cauterizador. Es uno de los momentos en que aprovecho para escribir este diario. Un pálido muy suave que es como el agua porque da la vida. Y así, más animado, paseo esa última calle, la más enigmática y la más oscura. Al final de ella está Elena, mágica, llenando de un aire de distancia todo cuanto la rodea. Solo su perrita y ella parecen existir en un caos informe de cosas, solo ella tiene sustancia y cuanto la rodea es vulgar. Como ausenta la mirada y retarda la sonrisa —creo que es ensayado— pone a todos los hombres en el borde del misterio, un misterio que se perpetúa cuando uno no sabe si hay invitación o saludo. Y así volvemos a casa, o al menos vuelvo yo, con esa impresión de haber dejado todo lo que llevábamos en la última calle del paseo. Llegamos todos, al menos yo, vacíos a casa, limpios para dormir sin pesadilla, y rotos, rotos porque sabemos que algo se nos ha quedado junto a Elena, o incluso que se nos ha quedado Elena mirando los escaparates.

Luis va con su diario a todas partes. Luis es maestro y dice que no quiere olvidarse de escribir a mano.

PINTURAS Y VERSOS

Cristino mira la calle como quien mira un cuadro. La calle es ficticia. Le gusta, pero es intangible, inasible e imposible de pasear. Por eso se concentra en su dispositivo electrónico donde cultiva pinturitas y algunos versos. Procurando evitar los rayos del sol sobre la pantalla, Cristino pule las joyas que le brotan de adentro. Él se concibe como una gran mina de carbón y siente, a veces también, una presión dolorosa que fluye en diamantinos colores y diamantinas palabras. Incluso en sus gestos lentos e inseguros, un tanto temblorosos, se adivina al creador que pasa su vida frente a una ventana.

Fausti lo ha bañado. Es un niño entonces, que goza del agua y chapotea y le roba la espuma a la superficie para hacer grandes montoneras blancas. Siempre que lo bañan, Cristino sonríe. Aunque para Cristino los días alegres son días de mucho color y de versos muy cortos. Los colores brillantes como al sol, muy coloreados como las cosas, hermosos como las flores. Por eso pinta muchas flores. Le gusta contemplar las pinturas de Bartolomé Pérez porque es un pintor que hace una pintura que él nunca llegará a pintar. Y por eso improvisa largas visitas virtuales al Museo del Prado: Bartolomé Pérez, Benito Espinós, Sebastián Gessa y Arias...

Si el espíritu fuera líquido más que etéreo, sería Cristino en estos días un manantial imposibilitado de silencio, puro y cristalino que zigzaguea pendiente abajo entre flores silvestres y árboles. Nunca se imagina él entre rocas, que para roca ya tiene bastante con su cuerpo.

Isabel le ha contado cómo corre Otto por entre los encinares, cómo bebe el agua de las fuentes con la lengua muy fuera y haciendo mucho ruido. Aunque le han dicho que el agua ya no es como la de antes, todavía corren algunos chorritos entre los álamos blancos cerca del molino, a la espalda de la casa de los abuelos que linda con el campo. A Cristino le viene entonces a la mente otro mundo, como un mundo de sueños, un mundo exótico de lejanías invisibles, de magia oriental que todos conocen y él solo puede soñar.

Miraba hoy muy atento por la ventana. Esperaba a Alonso. Esperaba de don Alonso esa conversación grata que va más allá de lo hogareño, y catapulta más allá de lo material, hacia un lugar que llaman espiritual y con el que él se siente muy identificado, aunque no lo consigue atrapar. Alonso es su padre de artes, hombre biempensante que todo joven debería de tener a su lado. Son, su razonar y su conversación, una especie de abandono de sí, una posibilidad de zarpar, un no orillarse hasta el crepúsculo. Pero como Alonso no llegaba, le dio por pensar: "...esa fachada blanca, tan blanca, es el lienzo interminable de mi vida —impostaba artificioso— y esas sombras me escriben la vida y me anuncian cosas". Algo de razón tenía el joven, pues ¿por qué será que las sombras son las que más dicen? Entretenía sus ojos en el portón de aluminio ya amarilleado, que contrastaba con la otra portada de madera vetusta y astillada, con su aldabón como un mazo medieval. "...hay que ver qué dos puertas... son los portones de la otra vida... O se elige una o se elige la otra. De todas formas... ¿a cuál de las dos llamaría un moribundo?".

Alguna vez había visto un viejo galgo pulular tímidamente a lo largo de la calle, luego, sin aviso, entrarse por el portón de madera, delatando su origen, condición y nombre. No sabe si fue un sueño, pero alguna vez vio entrar un carro y oyó que llamaban a la mula Estigia, (hale vamos, Estigia), que era una mula oscura y fea y bañada de moscas.

Con estos pensamientos, ensimismado, mirando por la ventana, lo encontró Alonso. Sonrió el venerable anciano y Cristino le devolvió la sonrisa.

—Don Alonso, tengo aquí esos dibujos que me pidió, son estudios e improvisaciones, variaciones sobre estas portadas que tengo aquí enfrente. Me he permitido la licencia de echarle imaginación a las aldabas, a los arcos y a los figurantes. En todas ellas he querido pintar un galgo, se llama Cerbero.

Alonso tomó el dispositivo en sus manos y con impericia fue pasando una a una las imágenes, con gesto adusto y serio. De cuando en cuando, sonreía.

Entonces entró Isabel. Venía a ver a don Alonso.

—Toma, Isabel —dijo Cristino, haciéndose con el iPad—, lee estos versos al señor Alonso. E Isabel hizo un mohín quejumbroso. No tenía ganas.

Pero insistió Alonso:

—Anda, Isabel, lee esos versos, me gustaría oírlos, por favor, oírlos viejamente como debe oír un viejo sin lentes —en tanto se guardaba las gafas en el bolsillo.

Isabel lee los versos con el alma puesta en los campos, los ríos, las selvas del mundo. En tanto, Cristino ausenta sus ojos a través de la ventana y Alonso piensa en la nueva sensibilidad.

Un desencuentro buscado

No hizo sino bajarse de la bicicleta, y aquel señor lo abordó sin demasiados miramientos.

—Usted será el que escribió en el periódico aquello de que esta tierra ya no merece la pena. Que no puede darle la espalda a su futuro y que no hay marcha atrás. Sí, aquello de "echarse en brazos de las energías limpias y renovables", que el campo —¿no era así como decía?—, que el campo se muere de desidia. Que solo hay una forma de resucitarlo. Grandilocuente idea esa de cambiar las ruinas de la tierra por fotovoltaicas y molinitos... ¿pero se da cuenta de lo que ha escrito? ¿Y con esa intención viene usted?

Él, que no venía de otro sitio que de un paseo tranquilo y sosegado, no quiso ciscarse de palabras o hechos, que bien hubiera podido, porque al señor, sí, se le veía enfadado, pero era poca cosa y además parecía pacífico en el fondo. Tampoco se lo quería tomar a chifla. Así que esperó aquella tormenta, escuchando con atención. Que si el campo fue aquí todo, que si desde que cayó el campo cayó la población, cayó el paisaje, cayó la iglesia, cayó la natalidad y desapareció la felicidad. Que si ahora el sector terciario le disputa al primario el espacio —esto fue lo que más le descolocó—. Que si las soluciones han de venir por otro lado. Que quién se creen que son estas empresas que alquilan tierra y la espejan o la siembran de encantadores y de gigantes —estos términos se le quedaron a Ramón bien grabados, curiosamente—. Y lo llamó salteador de ganaderos y agricultores, de pan para hoy, y de sembrar espejismos. En fin, que conforme el hombrecillo se fue sosegando, intercalando él alguna que otra evasiva y una sonrisa comprensiva, soltó la bicicleta y lo invitó a un café o a una cerveza.

—Un vino —dijo al fin más calmado el asaltante, respirando hondo y esbozando una disimulada sonrisa.

Y así fue como Ramón, el técnico e ingeniero, y Alonso, jubilado ya y diletante poeta, vinieron a conocerse.

—Yo no tengo nada contra su tierra, ni contra su pueblo —le dijo al segundo vino—, ni contra su tiempo o el de sus padres. Yo hago estudios e instalo plantas fotovoltaicas. Al tiempo justifico en los medios las ventajas de esta energía limpia, y las magníficas condiciones de este clima.

—¿Limpia? ¡Ja! Ya se lo he dicho... ¿qué quedará? Ustedes vienen como se van. Nos dejarán sus cristalitos, sus aspas y un montón de residuos, y la energía se irá con ustedes, claro está, a ser posible transformada en dinero, que en el fondo es lo que interesa...

Y sorbo al vino. Alonso se desfondaba. Sacó la libretita de su chaqueta. Mal asunto, le llamaba ya más la poesía. Era consciente de que se desinflaba.

—Mire señor Alonso —la cercanía y la afabilidad no rompían las formas del joven por el momento—, las placas y los molinos no quitan lo que ya no hay. Usted echa de menos otras cosas —y luego del tercer y último vino, curiosamente—... usted tiene otra sensibilidad.

No parece Cristino ese enfermo de cuando el accidente, triste, oscuro, con la muerte en las pupilas, abocamiento precipitable. Ahora tiene la alegría de los niños vírgenes, de los soles de sus ojos, de sus rostros puros. Cristino se ha aceptado, se ha acogido en sí como quien adopta un pequeño abandonado o un cachorrillo perdido. La palabra, la imagen, lo han convertido en una prolongación fantasiosa. Ahora es menos cuerpo, es más alma viajera que sobrevuela mundos inventados, que se abisma y que tiene muchos paraísos que descubrir. *Entro a las cárcavas de mi ser,* empieza uno de sus poemas. Y en tanto desciende, acaricia sus adentros inmaculados y descubre un alma tallada y pura, hecha con meticulosa dedicación por un Dios que se las sabe todas: "tanto esmero puso en esta alma —se dice el propio Cristino—, que por eso tengo un cuerpo mostrenco. Pues tiraremos de ella, espaciosa, de inmensos horizontes, de grandísimas soledades. Tengo amor en mí, me sobra amor, tengo todo cuanto necesito, tengo incluso la huella de Dios aquí dentro, transparente y etérea".

Y así se le pasan las horas a Cristino, en esos viajes infinitos, viajes que se repiten luego en los sueños e insisten para quedar indelebles en la cera del alma. Fausti, su madre, le dice que tenía ya los ojos negros de lo tan puramente internos que se han hecho. Negros para contemplar los interiores, negros para contemplar las soledades. Negros y mágicos, ocultadores y enigmáticos al exterior. Una vez le dijo a su madre en respuesta: "este mi Dios de los adentros, que yo me palpo, es un Dios que me llama hasta en sueños. Ya quisiera yo volverme del revés, para mostrarte, a ti primero y luego al mundo, lo infinito. Ya quisiera, pero solo puedo compartir estos versos, unas formas, unas metáforas, idolillos pobres de ese mundo". Fausti lloró a solas, y estuvo varias noches sin dormir, no supo si por la dicha o por la desgracia.

Cuando volvía de esos viajes, el joven cogía su iPad y los retrataba. Otras veces leía lo que el viaje le había dejado grabado. Aunque también había momentos en que solo un fatuo recuerdo afloraba en su mente, como si nada más quedaran los golpes de tan grandes empresas.

—¿Y cómo son esos paisajes internos? —le preguntaba Isabel, arrobada en la labor creativa de su hermano. Y como no contestaba, acababa por preguntárselo también a Alonso, y el hombre le decía lo mejor que podía inventar:

—Deben de ser como inmensos llanos, llanos alfombrados de verdura, fértiles, recorridos por arroyos y acequias, envueltos en una burbuja de cielo muy azul. Campos de frutos y miel, vallados de nomeolvides, en donde las almas brillan y se divierten. Son... son los campos de Dios...

—Y en esos campos... ¿podrá estar Otto?

Domingos

Los blancos domingos de otoño son como vestidos tenues que cubren los días. Sonríen a las gentes que sonríen y, así, invitan más al paseo. Los domingos claros y soleados, cuando asoma ya el frío por la ventana del futuro, tienen un punto de alegres. Hoy es uno de esos domingos. En otros tiempos tañían las campanas de la torre con especial complacencia, y los colores de los vestidos acudían a la plaza presurosos para mezclarse. En estos domingos de ahora, las gentes salen de sus covachas como salen los bichos, un poco más grises y menos alegres. Algunos han bajado de la capital y comerán con la familia los platos típicos y la cochura, visitarán el cementerio y,

Dios mediante, regresarán satisfechos de la estancia en un magnífico ejemplo de migración pendular.

Ramón contempla el espectáculo desde su balcón. Los domingos soleados le parecen una magnífica excusa para que el pueblo se convenza de que está habitado, de que no empieza a ser una fantasmal ensoñación de piedras viejas. "Es monótono, monótono como el campo mismo, un campo que nadie se atreve a vencer, un campo que incluso ha perdido su estética, su función y su razón de ser; si rascamos en esos vestidos, como en esas sonrisas, se adivina la falta de ideas y de sudor, la cercanía del hambre... El pueblo es monótono, monótonas las gentes... ¿Dónde está aquí la fuerza que el campo hizo y que ahora es ruina? Eso sí, hay pretensiones de ciudad, pretensiones con pocas ideas.

La torre, tan alta, aunque sin aspas, ha perdido su Dios. Impronta de eternas aspiraciones, está más sola que la una. Huella de otras gentes, labradoras, fulminadas ya por el espacio agigantado y el tiempo desmedido, disminuidas como un punto en un plano, como átomos en la historia, o como sobrantes de la materia humana. Y, sin embargo, hay vestidos muy coloridos y pincelados que dan impresión de aire pleno y de vitalidad. "Asisto posiblemente a una repetición. Año a año, siglo a siglo, como si algo se hubiese perpetuado Es la cara del hijo el vivo retrato del padre, como que es el vivo retrato de un largo, larguísimo antepasado que en otros tiempos sacudía el polvo de los zapatos en esta plaza, reía con el vecino de las cosas del vecino y hablaba del mañana con ilusión. Ni hay historia, aquí no puede existir la historia, a lo sumo hay un monocromo procesador que engulle generación en generación. Queda algo así como cáscaras. Sí, se quedan las formas... vacías. Aquí, aquí bajo este azul y sobre este plano circunscrito a una torre, se nace ya muerto...".

Ramón continúa asomado a su balcón, entretenido del tedio como un espectador de museo, inmerso en su diálogo interior, pensando de cuando en cuando en el pesimista Alonso, ejemplar autóctono en exceso concienciado. Quieto y contemplativo, apoyado en la adusta, noble reja. Mira la torre, el faro inmenso de días y días, enmudecido, cambiado de funcionalidad, centenaria torre que pronto habrá que declarar en ruina y que, también, le vigila, como don Alonso, porque no entiende del todo su misión. De la torre dirige su mirada a las espigadas y gallardas damitas que solazan sus vestidos y que hoy, para escapar del aburrimiento, han salido a la fiesta. Se deleita luego en el jardincillo, en la fuente; con la incongruente fuente. Ramón tiene los domingos, se dice a sí mismo, para visitar el museo, el "museo de la monocromía". Abre entonces la hoja del balcón para introducirse, cuando pasa Elena, y sin saber muy bien el porqué, Ramón le lanza un beso. Elena, que no se asusta de nada, se arroba sin embargo. Él sonríe metiéndose en casa.

La infancia

Cayendo la tarde y una lluvia canija e irrisoria, caía también el ánimo de Alonso. Pensaba. Pensaba sentado en un sillón de grandes orejas y hechura de toro, de gran toro de lidia. Se le escabulle el ánimo por una habitación en penumbra, apenas dibujada, carente de vida. Alonso tiene el interior de su cuerpo como los interiores de su casa, secos y escasos de luz. Los tiene como limbo vacío de almas. Por ello, en su sillón, acurrucado del frío, atraviesa la ventana con sus ojos y adivina el intento de lluvia. Este querer y no poder le lleva de la mano a su infancia, a divagar sobre la situación presente. Acuden los recuerdos y las evocaciones. Primero aquella serpiente de agua chiquita, que una tarde se le escabulló por el manillar de la bicicleta y que ya nunca volvió a ver. O los renacuajos, robados al río, que guardaba en un cubo de zinc y tapaba con un viejo trapo y una goma, y cuya piel se iba pelando antes incluso de perder la cola. Travieso o no, que él no fue travieso, tenía la sensación de vejez, de estar revisando la puerilidad de sus actos, como si pudiera ser observado desde fuera por sí mismo, o juzgado a través del tiempo, juez de su propia inocencia. El río lo era todo entonces, como si en su infancia no hubiese existido otra cosa que verano y río. ¿Para cuánto tiempo llevaba ya el río sin correr?

Alonso siente el frío del invierno, siente la humedad como una casa vieja y solitaria, siente la soledad de quien está solo, vive solo y solo espera para morir. Si no fuera así habría al menos esperanza. Y la esperanza no es palabra que guste Alonso, la esperanza no es el espectador de su infancia, sino la infancia misma, feliz, ufana e inconsciente. "Pero no es que alguien me haya quitado la infancia, es que me han ido quitando las cosas, las cosas de mi infancia. Me han quitado el río, me han quitado el campo, me han quitado el olor del mosto en los atardeceres del otoño. Me han quitado. Ahora van y me dicen que el mundo cambia, que el mundo progresa, y que, si no progresa, muere... ¿y quién leche desea que cambie?".

De pronto, ha dejado de multiplicar los recuerdos, la lluvia arrecia, revienta contra los cristales. Él observa las explosiones, la dispersión, los fracasos de las gotas de agua estrelladas. Registra el azar y el itinerario de esas otras que van dejándose la vida pendiente abajo del vidrio, cada vez más minúsculas hasta desaparecer. O más henchidas y orgullosas, engrosando caudales y animándolos, forjadoras de grandes riadas. Él es de las primeras.

Abre la ventana e inhala el frescor, a ver a qué huele el aire. Vendaval. El sillón taurino se ha bañado de agua, la mesa ha estornudado sus papeles y el suelo está encharcado de lloros. Tras de la inesperada tiritera, Alonso ha vuelto a clausurar el ventanuco. Seca con su manga la humedad fría y se sienta de nuevo en el sillón. Ahora respira más tranquilo, como si fuese nuevamente un niño, y no un niño estético: quizás las cosas cambien, progresen, es decir, vuelvan a ser como ayer.

NOCHES DE LUNA

Siente Elena las manos como una pesada carga, las caricias como insidias de la realidad, los besos como un mordisco en sus alas. Está ahí, simplemente, por hábito. Hay cierto hastío en las artes amatorias, en el amar, si es que esto es amar. Necesita un paréntesis de amor, necesita la vaciedad de quien está sola, esperando, y aunque sola, apartando de sí todo cuanto la estruja. Tal y como ahora aparta sus manos. Por su mente ha pasado el beso furtivo que le lanzó aquel extraño, su sonrisa antes de desaparecer. ¿Era así, o lo imagina así?

—¿Qué te ocurre, Elena? —pregunta Luis, como sintiéndose culpable—. Estás distante, pareces ausente. ¿Te pasa algo?

—Algo. Qué es algo —responde irritada—, algo, ¿habrá palabra más fastidiosa? Es decir por no decir, decir por no callar.

Silencio. Alzó los ojos y vio a Luis acobardado, oculto en la penumbra, embutido como sombra en una camiseta estrecha y ridícula. En cierto modo le dio lástima.

—Lo siento, Luis —dijo al cabo de un tiempo—, estoy cansada, quisiera estar sola.

Le hubiera gustado decirle que sentía deseos de estar sola eternamente, y a ser posible, feliz. Decirle que era como si alguien la obligara a no amarle, y que ese ridículo algo o alguien era una ausencia, un agujero que tenía allí, justo debajo del pecho.

Luis callaba y presentía un final. Sus ojos delataban la rabia y la angustia de ser despreciado, pateado por lo que hasta hace un momento consideraba cariño. Estaba a punto de gritar, a punto de llorar, a punto de correr, de tragarse a sí mismo. De desaparecer sin decir nada, sin dejar nada, sin dejar incluso lo vivido, lo compartido, lo que fue.

Elena lo miraba, fija y distante. Hubiera deseado prestarle esa caricia última que es un adiós, besarle incluso la frente ya labrada, otorgando maternal consuelo. El hombre espejo se había roto en prismas cortantes, atracción y odio habían rasgado su superficie.

Afuera, sonreía la luna plácidamente. Repartía su plata por las fachadas blancas de las casonas, se inflaba orgullosa de saber libre a otra de sus súbditas, y acariciaba los visillos pidiendo discretamente entrar en el dormitorio.

Volvía Elena a esas noches de luna, a esas noches de ensimismamiento. Volvía al lecho vacío, a la ausencia de besos, de caricias... ¿Cómo se procurará el amor, el cariño, el cuidado de sí entonces, en soledad? Desde la cama, apoyada su cabeza en la almohada, la luna se descubría más redonda y fría, más distante. El satélite le sonreía y Elena callaba mirándola. Y en el vacío de la habitación, la claridad lunar azulaba las paredes, escalaba los cristales y cantaba en los labios de Elena. Se había hecho de nuevo el silencio, la frialdad preinvernal tomaba los rincones. Volvían las sombras, volvían las noches de fantasmas, de ausentes. Volvían los pasos anónimos, las voces anónimas, la preponderancia del oído. Elena se quedaba sola para volver al mundo. Y entonces sonó el teléfono que Luis había olvidado sobre la alfombra. ¡Siempre el móvil!

Isabel cuenta a Cristino cosas del mundo, cosas del campo que es tan grande y tan largo, del cielo azul que se mancha de nubes, de los montes que son también azules y que visten como los aduaneros. "¿Y cómo sabes tú que así visten los aduaneros?". Se lo cuenta todo con una sonrisa fresca y jovial. Le habla también de Otto como quien habla de un animal fantástico y mítico, cómo juega con las florecillas, de cómo brinca entre las hierbas, cómo salta y muerde los arroyos y levanta polvo en los caminos.

—Dime del campo —le dice Cristino.

E Isabel hace del campo poco menos que un primitivo paraíso por el que, de cuando en cuando, anda algún Adán. En el campo todos los hombres la conocen y la sonríen. Además, que el campo es el lugar de vacaciones de las ovejas y de las cabras y del borriquillo de un pastor alto y simpático que levanta la mano muchas veces y hace extraños ruidos con la boca, que es el idioma del ganado. Las ovejas son muy simples, se ríen del aire y van cansinas. Necesitan a un perro peludo e inquieto muy sucio, juguetón y vengativo, ladrador que ponga orden. Y al hablar del campo —que parecía que no hubiera otra cosa— hablaba también de Alonso quien, como ella, disfrutaba y sonreía y saludaba a unos y otros con gran entusiasmo.

—El señor Alonso me dice que yo seré "quien realmente redima a esta tierra" —y ponía una voz ronca y hombruna—. ¿Sabes tú, Cristino, qué es la redima? —disimulando, Cristino encoge los hombros—. Pues eso, yo seré agricultora, como el abuelo, y plantaré muchas nomeolvides.

No podremos decir que Cristino vela por Isabel, porque su hermanita hace de sus pies, de su vista y además ilumina los trayectos haciéndolos seguros, claros y divertidos. Para Cristino Isabel es el mundo y el mundo venía todos los días a Cristino con una gran sonrisa, que no le quedaba sino dejarse abrazar por él y dejarse besar.

Cuando le trae alguna florecilla, él aspira los aires tiernos de la llanura y de los días decadentes del otoño. Si es romero, o tomillo ajado y gris hacía que Fausti les perpetuase la vida o tratase de resucitarlos. Los convertía en fragancia metidos en un jarrito de agua que ponía junto a su hijo, mientras él revisaba el mundo deshumanizado en su tableta, o buscaba excusas para hacer versos y trazos. Aquella pasión en vidrio de las hierbas y florecillas otoñales, le devolvía a su interior —no le quedaba mucho más— y a veces se atrevía a insinuarle la muerte, o la fragilidad. Al marchitar la flor, ya esperaba Cristino el milagro de la gran sonrisa del mundo.

INSTALACIONES

Esa mañana el campo estaba agrisado y frío. Ni siquiera el sol se paraba en las cosas. Era todo un inmenso manto de dura y gruesa tela blanca, acartonada y mortecina. Una grisalla.

Ramón inspeccionaba las instalaciones de la planta fotovoltaica. Se detenía aquí y allá, entre el bosquecillo de pinos y retama y la finca de olivos. Tenía los pies helados y las manos entumecidas.

A las puertas de las casetas portátiles, algunos obreros se calentaban en un rácano fueguecillo que habían improvisado en el descampado. Descansaban en la faena del ensanchado y alisado de los caminos de acceso. Algunos llevaban el casco amarillo sobre un gorro de lana o sobre una braga ajustada hasta la altura de los ojos y cogida por la nuca. En lontananza, en pequeña pendiente que mira al sudoeste, se sucedían gruesas plataformas de hormigón, en la adecuada distancia, esperando a recibir el *tracker*. Hacían como una prolongación de la hilada de olivos hasta el fin del horizonte. Desde luego, la estructura parecía adecuada para sostener los paneles. Un seguidor móvil como el que había diseñado el propio Ramón, garantizaría un mejor rendimiento, prolongando el tiempo de incidencia de los rayos solares en el ángulo preciso, desde la alborada hasta prácticamente la caída del astro. Mejor que fuera azimutal. Se encaminó para supervisar el ala de poniente, donde una pequeña vaguada hacía su gracia. Al otro lado del camino, en la finca vecina, acababan de sacar las viejas viñas, y tres gañanes cargaban las cepas en un remolque. Los saludó con la mano, y ellos respondieron con un adusto gesto de sus cabezas. Por un momento volvió a su mente el cuerpecillo inquieto de Alonso. Al parecer aquellos entornos, aquellas gentes, movían su añoranza. Ramón era consciente de que le habían sacado la hermosa costra de Mesozoico a los caminos, que habían arramblado con algunos almendros silvestres y que habían arrasado alguna vieja noria y un viejo bombo. Vallado gran parte del campo. Pero ahora, los caminos eran transitables para los vehículos y la maquinaria agrícola más pesada. La planta podía convivir perfectamente con las labores tradicionales. Y en su caso, era la agricultura, era la ganadería las que estaban en crisis, asunto que ni mucho menos era su problema.

El joven ingeniero no entraba en calor. Sentía el frío en su rostro, En sus manos, en sus rodillas y pies. En el perfil de los senos azulados, justo al norte, empezaban a moverse las aspas de los generadores eólicos. Y entonces rio imaginando a aquel hombrecillo como el hidalgo adusto de la novela, alanceando en La Mancha los gigantes de la tecnología. "Ves allí aquel descomunal... ¿es que no ve que son molinos que nos traen el progreso?...,

quitaré tan nefasta semilla de sobre la faz de la tierra!...
Es un buen hombre de todas formas, y hasta tiene algo
de razón, la verdad... pero, en fin, esta parece una tierra
difícil de comprender, y sus gentes... ni idea; no sé cómo
son sus gentes... pero me gustaría saberlo...".

Entonces se deleitó pensando en aquella joven del
perrito a la que le había lanzado un beso aquel domingo,
el último bueno. "Dulcinea quizás".

La vaguada exigía unas correcciones. Posiblemente
habría que cimentar con otra técnica y habría que relle-
nar con unos metros cúbicos de arena y piedra. Por lo
demás el perímetro estaba limpio.

Un ciclista cruzó la planta a toda velocidad. Apro-
vechaba la caída desde el pinar, la lisura y anchura del
rehecho camino. Ramón sintió cierta envidia. Un nutrido
grupo de grajos levantó el vuelo graznando y marcando
el rumbo de las canteras. "Es el efecto Doppler, pero hace
bonito". Tomó tres fotos, aplicó medidas, hizo unos cál-
culos sobre la marcha, se dibujó un croquis en la nueva
aplicación, y regresó a donde estaban los operarios. Una
hora después subía en su todo terreno, ponía a tope la
calefacción, y volvía a casa pensando en aquella señorita.

ENFERMEDAD

Claro que es todo un Quijote. Sin ama y sin sobrina.
Sin un Sancho a los pies para llorarle la muerte. Ni bar-
bero, ni cura, ni mago enemigo. Sin fe, vamos, una birria
de Quijote. Alonso está enfermo. El lecho sin sabores,
porque tampoco hay Dulcinea. Hombre, él no se quiere
morir, desde luego, porque se iría en muñón, con la labor a medio hacer. Y esto le genera una angustia atroz.
"A ver a quién le explico yo esto". A pesar de no hacer
nada y de no conseguir nada, siente aún que su búsqueda

estéril debe de continuar, o prolongarse, definirse de una vez. Su labor es de sembrador, pero ya se sabe, solo hay que recordar cuántas semillas agarran en la parábola del sembrador. Con estos achaques que le han penetrado hasta el alma, cuanto siente Alonso, a la par de la angustia, es una especie de vaciedad. Entonces es cuando quiere aferrarse a las cosas viejas, esas cosas viejas que tanto ama, pero en las que no confía ya, por traidoras, por inconstantes, por frugales. "Tengo una sensibilidad vieja, este es mi mal, esta es la causa de mi enfermedad. Todo lo demás son síntomas".

—No. Que no puedo irme vacío al otro mundo —le decía muy pálido al inquilino, al hombre y padre de familia de la capital carbónica.

Y los hijos, que querían ver a don Alonso, ese hombrecillo divertido que tantas cosas les contaba del pasado, retenían en sus pupilas a un anciano achacoso más de otro mundo que de este. Él hacía por sonreírles, pero el intento le quedaba en mueca, y los corazoncitos se retorcían al ver a aquel señor sabio tan desconocido y distante.

—Usted no se preocupe, que se sale siempre para adelante.

—Es que, Gustavo, tengo desconchado el corazón, los huesos fríos, pero la cabeza... la cabeza —y meneaba la cabeza—..., de todas formas prolongaría mi vida en este sufrimiento —se confesaba agarrando con fuerza la mano del hombre de ciudad como para que le sostuviera y no le dejara caer a un abismo nunca recorrido.

Al hombre le daba pena. Pero también quería aprovechar sus vacaciones, así que empezó a desasirse y a no seguirle la corriente. Y cuando Alonso regresaba la mirada a los ojos de los niños, se le iba la mente a esos otros recuerdos de infancia, hasta llegar al niño que fue —tonta manía—. Era reconfortante desde luego, porque ahora tenía la sospecha de que no era él, el viejo, quien contemplaba la niñez, sino que la infancia venía a contemplarle y a socorrerle, y a ofrecerle milhojas con las que les crece el alma a los niños, según decía su abuela. ¿O era su tía?

Pensó que tal vez lo que le ocurría era que se estaba despidiendo, y que posiblemente, aquella misma noche, le descambiarían el alma, con la mala fortuna de que iban a dejarle el cuerpo. Y agarró con fuerza nuevamente la mano del señor de arriba. Los niños empezaron a correr por el pasillo dando voces, como correspondía a su edad. En el alborozo, Alonso, al amparo de las risas y del griterío que hacía sufrir al padre, se desprendía de las vestiduras, de las pesadas galas con que nos hinchamos a lo largo de los años, leyendo, hablando, viendo, deseando... Se desligaba de ellas, como si ascendiera nuevamente a la torre, o junto a las campanas para contemplar el inmenso llano. Se soltó la mano. El enfermo se había quedado dormido, o empezaba a vivir de otra forma, poniendo en orden las bravatas con las que nos disfrazamos sin querer. De todas formas, en el sueño, Alonso se quedaba tan solo como en la vida. El padre de ciudad hizo callar a los niños y cerró con sigilo la puerta.

Paseos con soledad

Paseos en la soledad de la noche. Paseos bajo la gran luna de un noviembre decadente, mes pálido, sin sabor, mes de pesadumbre. Con los ojos también oscurísimos se pasea Elena por las calles, por los jardincitos, por las plazoletas. Hay poca cosa que ver, por eso mira la luna y, escondida bajo su también oscuro abrigo, disimula su presencia. Aunque pasea a la perrita, agente racional de la acción, le parece como si fuese llevada por esos ríos, calles, arrastrada a un mar silencioso de anónimo humano, donde las cosas se callan por no molestar, y enmudecen. Solo la luna balbucea algo. "Ahora no, que ahora no hay ni que mirarla ni que escucharla, casi que me da miedo. Me siento más segura si la miro desde la cama. Es como permanecer a salvo". Probaba si sería capaz de evitarla en el mundo exterior, en el no íntimo… pero había tanta soledad y silencio. Y restañaba en los vetustos muros, insólita en las fachadas, desapercibida por lo general, en el trato con la población. Eso sí, aunque no la miraba con los ojos de la cara, lo hacía con los de adentro. No sabría decir por qué, pero Elena amaba y temía a la luna por lo que la luna tenía de solitario espejo. ¡Siempre los espejos! Y veía que la luna se posaba sobre las cosas no para palparlas, no, sino para verse la plata que era su piel desparramada por las criaturas del mundo. Alguna vez se exponía ella, quería ver su sombra de plata, e imaginaba los argénteos cabellos, metáfora de lo efímero de la belleza. En unos destellos de deseo, sentía que la luna se le posaba para convertirla en fiel sirviente, como hacía con las cosas. Menos mal que la luz eléctrica la sosegaba, porque el tacto del satélite hacía de hielo que petrifica las cosas, que les para la vida, que les saca afuera lo que de muerte llevan. "¿Habrá luna en la gran ciudad?"… "¿Y a cuento de qué esta pregunta?".

¿Pero no era ella también, en cierto modo, luz de luna? Se había acostumbrado a que sus ojos escrutarán a los hombres y les extrajeran la vida, dejando el puro desperdicio. Se quedaba con sus muertes y hacía como que las guardaba en su bolso, su amplio bolso de piel fría, en donde ahora reflejaba la luna su cara pálida y ósea. "Los hombres —y miraba para convencerse— no reflejan la luna, los hombres tienen el fuego que quema las cosas, un fuego extraño que no sabe amar o arder. Hacen la violencia del ser, del perdurar y persistir en el movimiento... Son el fuego que devora las cosas para seguir perviviendo..." Y trataba de ver los ojos de algún solitario viandante, pero ni había paseantes en la noche, y si los hubiera habido, habrían rehuido los ojos de interrogación de una mujer ambarina. O los habrían malinterpretado.

Volvía Elena a la soledad de amor. Pero sentía tanto el frío azulado que necesitaba del calor vital, del fuego impostor y del arrojo de las caricias con las que palparse la vida. El espejo de la luna era insoportablemente frío.

Pensando en el calor huyó Elena, ocultándose bajo los tejadillos de las casonas, dando la espalda a la luna, cerrando los ojos al blanco y al azul más intenso de los encalados, guardándose a sí misma y de sí misma, huyendo en fin de sí, de su soledad con la soledad. "No, no, en la ciudad no hay luna".

Poesía

Andaba buscándole a sus poemas la eternidad, preservándolos de la cronología. Fabricaba quimeras, cábalas con las metáforas. Quería evitar que los arrastrase el magma del tiempo. Su misión no era infundir vida a sus versos, sino infundir vida eterna al lector, inmunizarlo contra la muerte. La actitud de Cristino era demiúrgica y conllevaba un profundo ensimismamiento, la dermatosis de la hipersensibilidad. Los límites de su cuerpo, siempre difusos, se habían difuminado completamente. Cristino estaba desinteresado de su vida, olvidado de sí, pues cuando no hay exterior, muy posiblemente es que tampoco hay interior.

Puesto a los rayitos de sol, amarrado a su dispositivo electrónico, tras del vidrio, también terso y frío, que dejaba penetrar la realidad del invierno manchego, construía sus artes lentamente. Las artes esas eran un aparato ortopoético que necesitaban del aparato interortopédico. "Son los poemas las cosas,/ y nosotros, los poemas y las cosas...". A la pantalla acudían las realidades nuevas, las realidades realizadas, las nuevas realidades que, en primicia, él regalaba al mundo. Ahora ni vigilaba ni le preocupaba lo que pudiera ocurrir al otro lado del vidrio real. Poco podía ofrecerle la realidad, pues la realidad había que realizarla. No vigilaba con la melancolía y los ojos llenos de expectación y miedo, el perrear del cansino Cerbero. Ni demandaba, ni apreciaba las historias de Isabel. Ni le interesaban los vaivenes de Otto. Todo cuanto no fuese creación había sido arrinconado en su alma, como si el arte por el arte se hubiera comido las cosas que pasaban al trasluz de la ventana, dado la espalda a las que pudieran venir, alcandoras, desde la risa de Isabel. Tampoco es que echase mucho en falta las visitas de Alonso, cuyas ausencias posiblemente precipitasen el cambio de actitud tan radical: "Pues si no hombre, seamos al menos artista".

El invierno caía como una gran capa de solipsismo sobre la casa de Fausti. Ella trataba de animar, de empujar, de reflotar, pero ya tenía bastante con el trabajo, la dependencia de Cristino, el colegio de la niña y la casa. El nacimiento, los belenes próximos, los villancicos y cánticos, acaso la nieve, de seguro las nieblas, eran nada más símbolos promiscuos de la mundanidad, así que Cristino se ensenaba más, se adentraba, hibernaba como las naturalezas animales, aislándose de lo que ya de por sí le aislaba.

Isabel observaba a su hermano más triste, como niña que mira un árbol de Navidad sin adornos, sin luces, sin regalos. Y se volvía con Otto, que ahora estaba en casa —menos mal— a echarle unas sonrisas, a preguntar a las cosas y a las muñecas.

Se había ido la Navidad. En un plis plas se había ido todo el colorido, todo espumoso, todo el alboroto como toda fiesta. Habían volado las vacaciones. Ramón, regresado de esas ciudades de Dios, de Valencia, de Madrid, volvía a esconderse en un extraño rincón de La Mancha. Apenas abrió los ojos para mirar más allá de la plaza, del cascarón porticado al que asoma su balcón, y ya se daba cuenta de la soledad que lo envolvía. "Yo no sé si es que estos tiempos son de soledad, de quedarse uno solo consigo, y todo lo demás es engaño, o es el impacto de la vuelta a la normalidad, al trabajo, a esta tierra, que todo es posible".

Habían sido unas vacaciones merecidas. Bien gastadas desde luego. Echó una semana entera en Levante aprovechando el buen tiempo, o visitando a la familia y a una antigua novia, que, estaba claro, aún lo quería. Otra semana en Madrid. Otro tipo de vacaciones, de breve contacto con el trabajo. Menos movidas, pero de momentos más intensos. Y ahora caía de nuevo aquí, por lo menos para dos meses. Era pasar del cosmopolitismo a la pura inercia. "No te quejes. No se puede decir destierro, porque aquí mi trabajo es todo tierra. Resulta curioso ver cómo, esta tierra, pretende echarse sobre la chepa el futuro de Europa. Más de un millón y medio de módulos fotovoltaicos. Muchos, muchos millones de euros de inversión. Que veremos si no se sobrepasan los dos mil megawatios de energía limpia, renovable, inagotable solar y eléctrica. Suministro que sobrará para casi tres millones de habitantes. Y, sin embargo, tierra insospechada de su existencia, un punto incongruente. Ni amamanta, ni la amamantan. ¿Veremos si se deja amamantar?

Aprovechó que el ordenador estaba encendido. Minimizó los croquis que había confeccionado. Puso en el buscador el nombre de la localidad. No supo el porqué, pero la mañana se le pasó volando. Cliqueando sin interés, movido por la apatía, había terminado en el Facebook, pasando por personas, noticias, eventos pasados y por llegar y actividades que cundían en el lugar. Hasta que la vio. allí estaba ella, interesante, interesada, atractiva. Tenía nombre, se llamaba Elena. Rasca que rasca, llegó a su perfil. Y allí estaba. De espaldas su largo cabello suelto y levemente ondulado con una Pamela y un vestido floreado. Sentada en un banco con sus gafas de sol, sonriente y una coleta que le caía sobre el hombro derecho y se desparramaba por su busto. Otra acariciando a su perrita, Nana. Un primer plano con una mirada ardiente pero honesta y un muy disimulado piercing en el nostril derecho de la nariz. Con un vestido vaporoso y blanco en una viejísima y estrecha calleja de un lugar que parecía sacado de las Mil y una Noches. Con otro vestido y una gran Pamela sobre la arena, en un atardecido de playa. Hermosa, con su pelo echado a un lado, negro y brillante, con un gran collar de piedras y unos grandes pendientes de lo mismo, mirando sonriente a la cámara: "guapa", "ojazos negros", "morenaza", eran algunos de los comentarios con los que se respondía a la actualización de su perfil. Luego, un interesante dibujo de Frida Kahlo con el pitillo entre los dedos, rezaba algo así como "enamórate de ti misma, y luego de quien tú quieras". Este "tú" llamó mucho la atención de Ramón, porque a todas luces quedaba mejor omitido.

En fin, que se había embebido en el merodeo. Por un momento sintió vergüenza de sí mismo. Luego rabia por la pérdida del tiempo. Se asomó al balcón. Nadie. Decidió abrirse una cerveza. Se había propuesto la lucha y la lucha iba a empezar con el año nuevo. Y la lucha iba a empezar con un pequeño artículo para la prensa provincial en la que se loaba la necesidad de la modernización de las infraestructuras de proyectos energéticos: "La Mancha a la vanguardia: una nueva sensibilidad".

No sabía muy bien por qué. Quería evitarse sufrimientos. Estaba desorientada. Necesitaba apoyarse en alguien para revivir. En fin, se había arrojado de nuevo a los brazos del hombre espejo. Se dejaba acunar en ellos, abrazar por ellos, sostenerse en ellos. La vida, de esta manera, le pesaba menos. No podía decir que fuese ansia de hombre, necesidad de hombre. En el fondo de sus negrísimos ojos, si alguien pudiera resistir mirar ese fondo, se adivinaba la desidia, lo innecesario y el miedo. No, no era el hombre, no eran los hombres lo que necesitaba, aunque no sabía tampoco qué era.

Elena volvía a amarse en las caricias de un hombre que hacía por ella sus propias caricias. Luis seguía siendo un reflejo. Pero con su presencia conseguía empujar hasta el fondo el protagonismo de la luna y de la noche. Después de todo, Luis era su espejo favorito. Un espejo barroco de rocambolescos dorados, todo derroche y forma. En efecto, no era Luis un hombre a su justa medida, tenía mucho de sobrante, de superficial, de postizo. A veces le parecía solo apariencia. El desbordamiento de sus gestos y de su retórica en mirar, en el besar, en amar, carecía de poso, de sentido, de sustancia. Eso sí, ella se sentía más nítida sobre la superficie pulida que le devolvía la imagen, se sentía menos responsable pero más reina, más fastuosa, más protagonista y nada menesterosa.

Con las atenciones de Luis, los ojos de Elena recuperaron el brillo inmisericorde de las tigresas. Eran esos ojos por los que Luis se perdía. ¿Cómo no? Había miradas que lo vaciaban, insostenibles, que lo absorbían, que lo consumían. Él se dejaba vaciar, absorber y consumir. Y si hubiese sido necesario se hubiera dejado morir. Ahora, más que nunca, tenía claro que Elena era suya, pues le necesitaba. Y sin embargo, no era consciente de cómo palidecía él en los abrazos de aquella mujer fatal, fatal solo para él. No podía imaginar que la mujer le necesitaba, en efecto, pero nada más para abrazarse a sí misma. Descansando al fin su cabeza sobre el desnudo de ella sintió una extraña paz.

EL MUNDO INTERIOR

También hay que saber contar los mundos internos, pues no solo de la acción vive el hombre. Después de todo somos ángeles cargados de cadenas. Y muchos ángeles, uno detrás de otro, se habían sucedido como imágenes archivadas, o retocadas, y subidas a las redes sociales. Presos alados que miran una ventanita enrejada por la que entra un gran chorro de luz, con cadenas a sus pies, con cadenas en sus manos, con gruesas argollas al cuello. Atadas sus muñecas a asideros en los muros, seres resplandecientes de luz en antros oscuros. Alas quebradas, torsos doloridos con alas en muñón, plumas alfombrando el suelo. Hermosos rostros de los que apenas escapa el aliento o una lágrima.

Estaba Cristino ya enterado del agónico debate de Alonso. Las palabras que le anunciaron su situación entraron en sus vidriosos desiertos rompiendo cualquier huella que Dios pudiese haber dejado, desbaratando cualquier flor, cualquier horizonte. En efecto, había que narrar esos mundos internos, sacarlos, porque si no se le hincaban en el alma los cristales y sufría demasiado. No podía creer que el viejo Orfeo, que lo había sacado del abismo entonando poemas, fuese un cuerpo al borde de la muerte, del que huía la vida. La vida, que se desangraba ahora en las manos de Alonso, el hombre que con su sola palabra tenía la facultad de revivir las almas.

Claro que había que contar los mundos interiores, esos mundos en los que en apariencia no pasa nada, porque todos reconocemos de qué hablan, pero le damos nada más crédito individual y subjetivo. Es necesario pregonarlo a los cuatro vientos, darles imagen, metaforizarlos, sacarlos e insistir en que están ahí y pueden ser mundo. Pero ni la poesía podía socorrer ya, ni a su maestro, ni a él. Era un flojo y, a la mínima dificultad, había desconfiado nuevamente de la eternidad.

El gran portón roído y gris estaba más abierto que nunca y mostraba el empedrado del patio, como una inmensa boca hambrienta y oscura. Cerbero lamía sus pupas y se debatía con las pulgas junto al poyo de la caverna. Ese era el mundo que ahora había al otro lado de la ventana que, sin embargo, siempre había estado allí. El vidrio, otras veces pura transparencia de luz, inmaterial, se convertía en una superficie azogada en que se reflejaban sus ojos inquietos, los ojos buscadores de la luz, que tenían que hacer un ímprobo esfuerzo para vadear la reflexión y llegar a las portadas, cada vez más amenazantes.

Quizá para darse ánimo, quizá como para recordarlo, o como para conjurarlo, tenía sobre la mesa, desde que le dieron la noticia, un viejo libro que le había regalado Alonso. Un "libro para perdurar e invitar a perduración" —que dijo Alonso—, el mismo en el que el maestro había puesto unas glosas. En el margen del margen, había añadido Cristino, con ayuda de Isabel, unos cariñosos comentarios de apreciado discípulo. Pensó en hacerle llegar el libro al señor Alonso, a ver si la evocación hacía por retenerlo. Pero Cristino era un enfermo que no podía moverse, aunque su enfermedad fuera la de ser un error de la vida, un error humano. Si hubiera podido, habría abierto la ventana y hubiera gritado para descargar la angustia. Gritar, porque de alguna manera aquella fuerza llegaría hasta Alonso para invitarle a vivir.

Pasó la tarde, pasaron las horas. Se hizo la noche. Cristino no echó en falta a su madre. En el silencio, el pordiosero perro ladraba a la luna. Cristino esbozó un mironiano can y una luna de plata, y resignado, abrió el libro de sentimientos e inició, como una oración, la lectura de las glosas lleno de pena, sin mirar qué versos comentaban, lanzándolas con la fuerza del corazón al cielo, para que lloviesen sobre los amenazados de inexistencia en forma de esperanza. Sobre Alonso.

NIEVE

Dos noches. Por Dios, dos noches. Fausti estaba agotada, completamente agotada. Pero satisfecha, muy satisfecha. Era un precio a pagar, el precio a pagar por sus hijos. Ya se sabe, la mísera pensión, la mísera ayuda al familiar dependiente en quien se ponen cuidados, los míseros sueldos, las míseras condiciones de trabajo. En fin, la miserable vida.

Y en tanto Fausti viste de ajetreo la casa con cacharros y trapos, de ruidos y sutilezas, de aromas y atenciones, ahora que se ha ganado tres días seguidos de descanso —que dedicará exclusivamente a Isabel y a Cristino—, Isabel observa los copos de nieve a través de la ventana, su caída lenta, aburrida. Las pupilas se le entristecen de ver la pura lluvia muerta, y Otto, acurrucado bajo su brazo, lengüetea las manos de la niña emocionada.

Ya no habla Isabel con Cristino de los campos y de los arroyos, con lo bonitos que deben de estar, todo vestido de blanco, "aunque yo los prefiera con flores y con espigas, con el zumbido de las abejas y el piar de las alondras...". Tampoco habla, ni de Otto ni de sus correedurías. No lee los poemas de Cristino en alta voz para que su madre los escuche y luego, en premio le bese la mejilla librándole la candidez.

Fausti, es verdad, la observa con atención y le persigue las emociones. Sabe muy bien qué es lo que le pasa a la niña y qué es lo que le pasa a su Cristino. Nunca pudo imaginar el apego que ambos tendrían por aquel señor de los libros. Va ya para meses que Alonso no pasa con su musical bastón y su barba blanca. Fausti siente que Isabel siente que los días son más tristes, que con la Navidad se fueron también las últimas sonrisas, que la han engañado los Magos. Es verdad, ni siquiera es Otto el mismo perro, el perro travieso y juguetón que había que dejar en casa de los abuelos porque en esta la recorría ladrando, arañando, mordiendo y espeluzando todo. Más parece un perro aburrido que duerme y bosteza junto a la estufa. Pero bueno, ahí está la niña, en la silla de su hermano al que aún no han levantado, mirando cómo nieva, como todo lo cubre un extraño manto blanco.

—Isabel, anda, alcánzame el cepillo. Venga, haz algo, mujer.

Isabel ni se mueve ni contesta. Ha pegado sus narices al vidrio. Fausti se acerca y la llama con mayor ternura si cabe y vuelve a pedirle lo mismo. Isabel, obediente, marcha a por el cepillo, dejándose parte de la preocupación en los cristales. Lo trae a la espalda como si fuese un arado:

—Mira, mamá, a ver cómo ha salido la besana.

Fausti sonríe y le toma el arado. La niña vuelve a la ventana.

—Hace mucho frío, ¿por qué no juegas con Otto, ahí, junto a la estufa? —y luego, tratando de ser pedagógica—: Año de nieve, año de bienes.

Y cómo es posible que esté el lecho tan quieto, tan frío, tan blanco. Como la nieve, como la nieve muerta sobre el llano, tan extensa ella, tan iluminado él. También estaba blanco el rostro de Alonso y aún su barba estaba más pura que nunca, más larga, de anciano divino, de santo milagrero.

Y los ojos cerrados descansando de las cosas. Aunque hacía trampas y adivinaba por el rabillo, vigilante. La respiración seca, costosa. Se entreveía por sus labios la realidad como un anzuelo del que es imposible escapar, que lo tenía prendido dolorosamente. Eran las preocupaciones. Las notaba sobre todo cuando suspiraba, profundo. Era la preocupación del llano, "claro que preocuparse está bien, significa que uno alienta". Porque era la devoción a la tierra lo que ponía una pizca de semilla en su vida.

A punto de morir, no había visto que hubiese alma por ahí, como se ve en algunas películas en que los moribundos observan el abandono del cuerpo y el regreso al cuerpo. Él seguía sin encontrarse el alma. "¿Y si ocurriese que somos solamente cuerpo? Pues no pasaría nada, sería simplemente tierra. Y eso es lo que me pasa, que soy tierra, y la palabra es tierra, y es tierra el pensamiento".

Perseveraba en sus sueños de infancia que estaban cansados del adulto y del viejo hombre que iban a ser. Todas sus infancias se le reían, e incluso las posibles. Con las evocaciones pasaban por la mente de Alonso todas esas vivencias que apenas sabemos si son nuestras y que nos rondan las canas y nos velan los ojos y nos disimulan la voz. Vivencias que quedaron en el estercolero, esperando a ser quemadas, y que resucitan, resurgen de su condición.

También pasó por la mente de Alonso la falta de amor, la ausencia de una compañía en quien descansar, en quien sorber diariamente la ilusión, o el contagio de un alma, es decir, otro montoncito de tierra con preocupaciones. Él había sido un vacío de amor, un hombre que mira las cosas, un hombre que busca y no encuentra. ¡Lo que estaban disfrutando, a raíz de su enfermedad y de su tristeza, las egoístas infancias suyas!

Pero seguía sumido en el sueño, en el atontamiento en que se sume el cuerpo cuando ha pasado lo más grave de una enfermedad, adormecimiento, ensueño que se desarrolla en el debate de la vida. Ahora le indicaban el vacío de amor, pero de una forma escasamente dolorosa, un vacío que bajo ningún aspecto podrían llenar las cosas del mundo, entre ellas las de la tierra, pero con el que se podía convivir. Vacío. "Sí, pero el problema es que tenemos el amor sobredimensionado. No hay mas que amor al prójimo, que es el próximo y por lo tanto al terreno, al que comparte con nosotros la tierra". Todo acababa en la tierra. ¡Bendita obsesión! En el álgido momento de la lucidez onírica, o del adormecimiento hipnagógico, Alonso se percató de que su amor a la tierra no era otra cosa que falta de amor, incluso la ausencia de amor a sí mismo.

CARNAVAL

Bajo aquellas sedas, aquellos brocados baratos, se removían las carnes con total indiscreción. Tras del antifaz se adivinaban unos ojos negros, de un sabor pecador, atrayentes y abismales. Ramón estaba rodeado de la mascarada de la existencia, había caído sobre él todo el carnaval. Era la presa entre risas, gritos, caricias, roces y contorsiones. Todo un muestrario de sensualidad que crecía, que iba a más, que tomaba tintes anormales y que él no se atrevía a detener. En el fondo le gustaba, aunque le diera miedo. "Sí, el carnaval es de esos días en que somos como somos". Y se dejaba perder, entre otras cosas porque él era como era, y porque aquella mirada lo turbaba sobremanera. Y estaba muy fija, muy posada en él, y en sus ojos, que apenas se atrevían a sostenerla.

Al ingeniero le falló toda la obra de entibación, toda la compostura que quería darle a su arquitectura, a su presencia. Se veía a sí mismo como una presa fácil, vacío y medroso. En su tiritera, que no sabía bien si era de miedo o de promesa, en su carne de gallina, primero rozaron las sedas, luego un cierto calor y, luego, la carne. Se sentía como llevado al lecho por el deseo y sentía que no se sentía.

La música continuaba y la fuerza opresora le hizo danzar. Aquellos brazos blancos de luna que se escapaban entre las telas de simulada sutileza, reverberaban con un azul epidérmico de frialdad fatídica, como de azogue. Lo abrazaban reteniéndolo. Ramón se dejaba llevar. Se lo llevaban los ritmos latinos y machacones. Ramón se convertía en ola que buscaba la orilla de la pasión en que perecer.

Alrededor, proseguía la mascarada, pero lo suyo era muy serio. Ojos gigantescos, bocas deformadas, dientes amenazantes, manos agitadas, contorsionados cuerpos. Sudor, voces, ruido. Había un aire de pesadilla, de irrealidad. Y como en los sueños, él no elegía lo que le iba a pasar. Los labios perseguían su rostro, hasta rozar los suyos. La cintura se ciñó a su cintura. Y una mano agarró la suya. Lo sacaba de allí, hacia un silencio extraño y oscuro. El frío pareció calmar sus ansias, pero el corazón le redoblaba en el pecho. La luna descansaba su escarcha sobre la carpa de baile y la música se escapaba por los vomitoria. El teatro del mundo se quedaba atrás, enmudecía. Aquella mano aún tiraba de él. Corría tras de unas risas locas, tras de unos pasos ágiles que dejaban atrás la estela blanca de seda y el brillo de los brocados. Buscaban una sombra lunar, un reposo de silencio.

Bajo la gran copa de un pino, las respiraciones se acompasaron. Se dejó besar. Se dejó morder. Aquel cuerpo se vistió del suyo. Hasta que la voz que echaba en falta rompió el silencio para desvelar la magia:

—¿A que no sabes quién soy? —brotó de ella.

TRÍPTICO DE MÁSCARAS

Pasó toda la noche despierto. El nerviosismo llamaba insistentemente en su pecho. De un lado notaba una extraña alegría que era ficticia, pero que lo aligeraba del peso que el azar había puesto inesperadamente en su vida. De otro lado sentía un extraño vacío, una especie de vaciedad que no era culpa suya, porque era la horma que aquel cuerpo había dejado en su espíritu. "Me temo que ya estoy envenenado. ¿Quién soy yo ahora?". Pasó horas junto al balcón, posando la mirada en los pesados minuteros del gran reloj de la torre. Viendo pasar a los últimos borrachos con las máscaras puestas en el cogote y los vasos en la mano. "Ver pasar... Ver hacer... Mirar... Nada más... ¡qué envidia!". Transcurrían por la mente de Ramón una y otra vez los acontecimientos de la noche pasada con el amargo dulzor de lo hermosamente irracional. En realidad, ¿qué había ocurrido? "Ni trabajar... Ni pensar... Solo ver y mirar y dejar transcurrir el tiempo". Las agujas del reloj, negras golondrinas, se le hacían antifaz, enigma, cambio. Allá donde miraba, había un recuerdo, una evocación, una vivencia para lo acontecido. Era increíble que aquello hubiese ocurrido, pero más increíble era que hubiese pasado sin dejar nada, nada más un vacío, y un mensaje en el wasap: "Soy Elena. Lo siento, ha sido una locura".

Ella, tan frugal como indecisa. ¿Por qué echaría a correr? ¡Después de tanto atrevimiento! A lo mejor la culpa era del carnaval, o del ambiente, o de las copas. Pero ¿para qué engañarse, si aquello en realidad era lo que quería hacer, lo que deseaba hacer? Tan pocas veces había corrido detrás de su deseo, que se sorprendía a sí misma, que se sentía una extraña, una desconocida. Había logrado escapar de la parte de atrás del espejo. Tuvo que salir a la luz de la luna para ver lo que no quería hacer. Se había dado cuenta de que por fin había algo fuera de ella misma que podía darle sentido a su vida, y no era un objeto, sino un tú. Había corrido desbocada detrás de su deseo, en efecto, pero delante del mismo. Delante de un hombre que era un extraño, pero que la hacía sentirse distinta. El deseo le estaba señalando a una persona. Y por eso corrió. corrió con todas sus fuerzas porque tenía que huir de sí, de aquel deseo para preservarlo a él, al tú, al hombre. Y huyó sin darse siquiera una explicación convincente a sí misma.

Apoyado, no sin chulería, en la jamba de la puerta de la carpa, siguió con la mirada la huida de la intrigante máscara. Soltaba bocanadas de humo de un cigarrillo y calibraba las consecuencias de los acontecimientos. No quería, no debía precipitarse. Era previsible y podía ocurrir. Aunque, si ella huía era porque no quería al otro, le quería a él. "El mejor arrepentimiento es el del último momento" —pensó. Esperó entonces unos minutos, por si podía hacerse una idea de la categoría del contrincante. Pero no apareció. Arrojó la colilla echando en falta su pipa, y aprovechando el frío seco de la blanda noche, remontó los paseos hasta el edificio en que vivía Elena. Estuvo a punto de pulsar el interfono. Se arrepintió en el último centímetro. Sacó entonces el móvil y envió el mensaje: "que sepas que te quiero y que te echo mucho de menos". Desacostumbradamente tomó un nuevo pitillo entre sus dedos, lo encendió doblando mucho su rostro, haciendo bocina con las manos, como hacen en las películas, y se encaminó de nuevo a la carpa. El móvil no volvió a sonar.

De vuelta a la normalidad

Joder, era que el hombre que quería inyectar sangre en las piedras viejas de aquel poblachón estaba vacío. Y lo peor, su corazón latía fatal, como desesperado, haciéndose notar demasiado. La luna se mecía ya entre claridades y los gritos de las últimas máscaras inundaban la plaza escalando por los muros de la iglesia, pecados con garras. Ramón seguía merodeando su balcón y en las voces intentaba adivinar un "ven, ven aquí", o un "no te vayas, por favor", que se incrustaban con violencia en el cristal frío, y lo atravesaban en extrañas vibraciones sonoras. Estaba cansado, pero no podía descansar. Sentía una extraña náusea, una inquieta zozobra, sin embargo, no había motivos para ello. Y este era el problema, lo que no se puede controlar. ¿Cuál era su temor? El porqué de aquel desasosiego: "es la vida, leche, la vida..., si es que no estás hecho a nada, todo te ha venido blando, muy racional..., lo estabas siempre esperando, estabas preparado..., pero ¿para esto? Para esto nunca se está preparado". Desde luego su vida le parecía fácil, pero no había sido fácil. "Resulta que ahora una máscara, o una mujer, qué más da, me pone así. Vamos, ¿y no será que hay un deseo que te corroe el alma? Nadie te ha hecho nada, simplemente tú te estás destrozando. Que sí, hombre. Que ha sido el futuro que de día en día te has ido labrando. Te has matado con tus propios pensamientos". Tenía que darse ánimos, porque se sentía desfallecer.

"Lo mejor será seguir, seguir con la vida, seguir con las ocupaciones, seguir y seguir. Cuando viene una cuesta, ¿qué haces? Pues tirar de riñones. Y luego de una vendrá otra, con toda seguridad. Pues eso, a veces te encuentras cuestas que no esperabas, o pendientes más duras de lo que te habías imaginado. A veces remontas con facilidad lo que considerabas duro o imposible. Pero la ruta es la ruta... Hombre, no me fastidies, que de la bici te apeas, de la vida no".

Y no queriendo pensar más, decidió huir, es decir, tomar la ruta. Y huyendo de esos pensamientos tomó Ramón el pesado abrigo, cogió el maletín y la mochila, que reposaban tal cual desde el fin de semana y salió con las llaves del coche en la mano, rumbo al trabajo. Amanecía. Hacía mucho tiempo que Ramón no salía tan temprano sin tomar el café.

De nuevo la luna

Qué ciclo tan tedioso. De nuevo la luna. Elena esperaba. Gastaba el tiempo mirando los luceros. Los distinguía, rojizos allí, azulados acá, amarillosos, blancos. Contemplarlos resultaba entretenido y mantenía la mente ocupada. También el cuerpo.

Luis la miraba sentado en un sillón de desidia. Para él lo entretenido, en lo que se mantenía la mente atareada, era en la contemplación de Elena contemplando los luceros o esperando a la luna. Reparaba en los reflejos eléctricos de sus brazos desnudos, la delicadeza con la que sostenía el cortinaje, la discreción con que entornaba los ojos. No se cansaba de contemplar aquel cuerpo y cuanto emanaba de él, sombra al trasluz. Y más aún, le sugestionaba aquella distancia que había tomado Elena, interponiendo entre los dos todo tipo de velos y vidrios.

Un muro de calamidad e impotencia que solo se podría atravesar rompiéndolo, rasgándolo y que, por lo tanto, la hacía inalcanzable, inexpugnable en su fragilidad. Y a la vez, visible. ¡Y tan visible! Tanto, que incluso en sombra era imposible apartar los ojos.

Las palabras de amor, si es que alguna vez las hubo, estaban vacías y huecas, y el aire de marzo se las llevaba mudas entre suspiros, avergonzadas de haber existido.

Ella, sin las caricias, notaba nuevamente cómo la luna le depositaba una nueva piel y la arrastraba, otra vez, a aquellos brazos, cada vez más debilitados, más pegados al sillón y a un cuerpo más hundido en la tela aterciopelada.

Él notaba la impotencia de la reconquista, el cansancio de todos sus miembros y cómo aquel sillón lo absorbía, de tal manera que se convertía en parte de él. Pero allí estaba, sentado, contemplando a una deidad, su respiración, la evasión deseada tal vez. La vida concentrada en una mirada, en una existencia, en unos senos. ¿Quién podría devolverle la libertad? Puesto a pensar su fracaso, el sinsentido de su fracaso que hacía de su vida un sinsentido, Luis adivinaba la tragedia. Por un momento pensó si sería capaz de morir matando, como hacen los locos de amor. "No, no soy de esos". Pero el sinsentido y el fracaso lo atenazaban.

Tratando de huir de estos pensamientos, Luis se incorporó, avanzó hacia Elena y apretó contra ella su cuerpo. Ella se estremeció. Él no supo interpretar su resistencia. Luego, con desbordante fruición, depositó un beso sobre el cuello descubierto. Ella soltó su pelo sobre la nuca. En ese momento un rayo de luz incidió sobre el vidrio y penetró en la habitación.

Eran sus primeros pasos por la casa. Muy delgado. Muy pálido y muy decrépito. Paseaba por las habitaciones, como si pretendiese recordarlas después de una ausencia de mucho tiempo. Las ventanas dejaban pasar los rayos de sol a su través. Iluminaban las paredes, ponían calorcito en el ambiente, arrojaban alegrías cantarinas sobre las cosas. Solo faltaba él, así que ponía su cuerpo en medio de las ondas del astro para calentarse la frialdad que había dejado la mano de la muerte, y para proyectar sombras en el mundo, que certificasen su existencia, su resistencia. En la sombra, en el calor, en los destellos sobre su piel se manifestaba un espíritu que emerge rebautizado, reencontrado y animoso.

También estaban animados los pájaros, y cantarines anunciando la primavera. Era un jubileo, concierto de aves sinfónicas que daban el recibimiento a un hombre después de su larga ausencia. Claro que, para Alonso, eran también gratificaciones y ejemplo de *Deo gratias*. De la luz a los pájaros, de los pájaros a la luz. Sus pensamientos vagaban de un extremo a otro y en las entremedias, se deslizaban aprovechando las moléculas de polvo que bailaban alborotadas y que lo mantenían curiosamente embobado: "azar, bamboleo, culillos de mal asiento, fuerza, clinamen, determinación, contumacia, accidente. En una de esas, acaso vaya mi destino..., solo verlas agotan".

Encontró la casa más agradable, más iluminada, más juvenil, más amplia. Tanto que se sentía más pequeñito en los grandes espacios, pues eso, como una molécula, como una mota de polvo. Y miraba cómo lo miraba la cama, tan grande y tan amenazante cual océano, con una cierta distancia, la distancia del que mira su tumba recién abandonada. Si Alonso hubiera sabido de los desvelos que en su cuidado había gastado Fausti, se sentiría avergonzado. El orden llevaba su firma. Los cuidados más serios del enfermo también. La hacendosa mujer había atendido su menesterosidad anónimamente, y anónimamente se había encargado de la intendencia del hogar de aquel viejo solterón.

Tenía sueño. Se sentó en el gran sillón de oreja y se dejó dormir. El sueño se lo llevó otro ratito de la vida. Sabría agradecerlo.

La vaguada

La vaguada daba problemas. Y vaya si los daba. Al remover en la declinación, aparecieron dos pozos, amplios, profundos, hermosos, que llevaban al agua. Las piedras derechamente alineadas, configurando un cilindro casi perfecto de amplio y garboso diámetro

—Hale, lo mejor es echarle piedra y tierra y tapar de una vez —rezongó el capataz al ver los pozos y las dudas del ingeniero.

Pero Ramón intuía que en aquellos pozos se ocultaba algo. Algo que se olía podía tener importancia.

—Vamos a esperar. Tampoco nos urge demasiado —dijo desganado, con medio cerebro en otros asuntos, ajenos, pero muy de su propiedad—. Veamos. Por lo pronto les vamos a echar unas fotografías, y a lo largo de la mañana llamo a Patrimonio o al Ayuntamiento y se las remito.

Sabía que lo de la comunicación, preservación y conservación en su caso de cualquier vestigio histórico o natural valorable, se decía con la boca pequeña. Que era de ley. Pero que en caso de que apareciera algo de mediano interés, había que taparlo —nunca mejor dicho— a toda prisa, antes de que diera dolor de cabeza.

Muy gordo tendría que ser el descubrimiento. Y aquel, a todas luces, no era gordo.

—Como vengan los de la Universidad nos paran la obra, nos acotan esta parte y nos chafan el plan, Ramón —el hombre adivinaba y luchaba contra el momento de duda y de debilidad del superior—. Lo mejor es piedra y tierra, y si hay que *lodarlo*, pues se loda. Se tarda nada.

Ramón se lo pensaba, aunque no estaba para pensar. La angustia se cebaba en su persona. Al pronto se acordó de Alonso, el hombre vulnerable y tenaz. Se le aligeró el espíritu. "Bueno, hagámosle una gracia al defensor de los derechos de las piedras, del agua y del campo".

—Esperaremos. Cubrir con mallazo y ponerles unos paneles de verja sobre pies de hormigón, y dejémoslo estar. A ver.

El capataz lo observaba como quien no quería la cosa. Y movía la cabeza de un lado a otro.

—En fin, usted verá —y dio un silbido de aviso agitando las manos hacia la cuadrilla.

LAS VISITAS

A Isabel también le gustaba contemplar los espacios iluminados por las pantallas de sol, espacios aéreos que atravesaba como una menina deseosa de resolver sus calidades. La muchachita de porcelana encandilaba los ámbitos, daba a las estancias de la casa de Alonso la alegría ingenua de frescor primaveral. Justo lo que siempre le había faltado. Isabel paseaba cogiendo la mano de Alonso, haciendo porque se moviera, que era el secreto de la cura que había escuchado a su madre. Al tiempo su intrigada curiosidad escrutaba las paredes cargadas de todo tipo de dibujos enmarcados, pequeños cuadros, fotografías de paisaje en blanco y negro... Llamaba su atención el vacío de los muebles, la ausencia de televisión y de otros electrodomésticos. Pero las extrañezas se arreglaban con lo cambiado que notaba al señor Alonso, que aunque más delgado y pálido, estaba muy alegre, más amable y más atento con ella. Otto se tumbaba tranquilo en un rincón y los observaba caminar lentamente con ojos aburridos.

El enfermo acariciaba con su mano la mano que lo llevaba, y con la otra, de hito en hito, el cabello sedoso y brillante de la niña.

—¿Y tu hermano, dime? ¿Cómo está Cristino?

Isabel levantaba su frente buscando la mirada de Alonso y entre sonrisas largaba una frase que era serena confesión:

—Está triste. No juega. No pinta y no escribe. Tampoco quiere que le cuente cosas... además que ya no salgo al campo, ¿qué voy a contarle entonces?

—Pues, por ejemplo, cosas del cole.

—Bah. No me gusta contar cosas del cole —un gesto de asco demasiado sincero desentonó en el rostro de Isabel—. Y a él tampoco le importan.

Don Alonso mira el juego de las luces con el aire y el reverberar del cabello cuando la niña los atraviesa.

—¿Y tu madre? ¿Sigue tan atareada?

—Sí, ahora también trabaja por las tardes —contestó en tanto detenía sus ojos sobre una baldosita y la acariciaba con el pie—. Pero está más contenta.

Otto algo más impaciente husmeaba en los rincones, tal vez buscando los males de Alonso.

—Pronto podré ir a tu casa —contestó—, iré y llevaré unas flores de primavera, flores del campo, de las primeras flores. De todos los colores. Veré a tu hermano y leeremos poemas como solíamos hacer y como haremos siempre, y tú nos ayudarás con los más difíciles.

Isabel sonreía con cara de sol de marzo, alegre y bullicioso, y daba palmadas a Otto para que se avivase.

—¿Has oído, Otto? Alonso va a ir a casa y llevará flores. Seguro que luego nos llevará a la cañada. Allí sí que podrás correr.

Pero Otto seguía con su búsqueda por los rincones, ensimismado como un filósofo de las esencias.

Desde luego ha sido una extraña sorpresa. Cuando Isabel ha abierto la puerta esperando que entrase su madre, se ha encontrado con un señor joven que trae un ramo de flores, un ramo de flores del campo, de las primeras flores de primavera, de todos los colores.

—¡Qué bonitas son!

El señor le ha explicado con todo detalle dónde las ha encontrado. Cerca de la Cañada de San Marcos, en donde realiza unos trabajos. Las flores son azulejos, manzanillas, margaritas, dientes de león, tomillo y cantueso. Lo que no le dice es que ha tirado las malvas, por evitar connotaciones pesarosas que Alonso podría malinterpretar.

—Pues si son tan bonitas, puedes quedártelas tú, y mañana podré traer otras al señor Alonso.

—No señor, no, lo primero es curar al enfermo —dice ella muy seria—, y este olor le vendrá muy bien, y los colores lo alegrarán.

—No Isabel, a mí me hará más bien —terció el viejo— que te las lleves y las compartas con tu hermano. Anda...

Isabel ha aceptado y se ha ido a curiosear con Otto en tanto los dos hombres se saludan y se miran a los ojos. En las miradas se denota cierta simpatía y el agradecimiento de Alonso ante una visita tan inesperada.

—Pero que conste —interrumpe el mayor— que, aunque puedo ofrecerle un anisillo o una mistelilla, no tengo más, y por supuesto, sigo enfadado con usted por lo del escrito. Y por el último, que a pesar de todo lo que he pasado, también lo he leído, y por supuesto, me gusta menos que el primero. —Ramón se sonríe, sin poder evitarlo—. Que no lleva razón, hombre, y encima viene a mi casa, seguro que para chantajearme, ahora que estoy en horas bajas. Pero que lo sepa, soy tenaz.

A Alonso le ha quedado un dolor de niñez en la mejilla. Y a Ramón una alegría, "qué jovencita tan simpática" ha pensado después de que ella los haya besado. Por la puerta ha salido Isabel con la cara y el alma presta, su ramo de flores bien cogido en la mano. Con la niña se ha ido también el perro. Desde la puerta Alonso ha saludado a Fausti que estaba en la acera de enfrente cargada con una mochila y un montón de bolsas. Ha cerrado la puerta, y ha vuelto a la charla con el sorprendente visitante.

Ramón le ha contado lo de los pozos. Alonso le ha pedido si podrá llevarlo a verlos un día de estos, porque él está débil para ir a pie y está muy, pero que muy interesado.

—¿Pero no está usted enfermo? —pregunta con sorna Ramón.

—Sí, lo estoy. Pero si le digo que mi enfermedad —dice todo serio Alonso— solo se puede curar con esos pozos, y con cosas similares, no se lo va a creer. Es lo que no atinan a recetarme los médicos.

—Por supuesto que me lo creo. Está bien, lo tengo en cuenta.

Vacío

Está Cristino junto a la ventana. Mira las nubes. Se detiene en pensamientos vagos. De ellos se ha desprendido al momento: son innecesarios, contingentes. Sus ojos están apagados. Su iPad apartado. Parece mentira, pero el joven que ha vivido solo, que no conoce otra cosa que la soledad, se siente solo. Le han dicho que estos días de sol anuncian la primavera. Cristino, a través del vidrio, los indaga, los explora, para ver si les adivina algo distinto, algo especial. No hay nada especial, y si lo hubiera, sería un ejercicio de hipocresía de todo cuanto sabe que tiene que fenecer, pero se recrea, enseñorea y exhibe.

¿Estaré vacío? —se pregunta—. La verdad, yo no noto nada, será eso que llaman la falta de experiencia. Vacío. Tiene que ser el vacío una ausencia de vida. Una informidad, un pecado, un bulto que hay que arrastrar si uno quiere mantenerse, que de buen grado quitábamos de en medio. Ahora entendía a Alonso, de quien había oído reflexiones similares, si no las mismas. Ahora le tocaba a él y notaba el vacío como una carga de congoja, la vida ausente, y era por ello su vida una ausencia de vida, un vacío ¿Y qué hacer cuando estás vacío? —se preguntaba—. Pues nada —se respondía.

Así se le iban los pensamientos vagos o no por la ventana, las ensoñaciones y los días.

Fausti, que lo miraba de hito en hito unas veces reflejado en el espejo de la vitrina, otras veces asomándose a la puerta, a su espalda, y otras de soslayo mientras faenaba, mueve la cabeza con desaprobación y murmura por lo bajo. No alcanza a comprender qué es lo que le pasa a su hijo. Pero lo siente, que es una manera más profunda de comprender a alguien. Consiente, siente con él y se entristece con él. Pero ni consiente que la vida se le vaya así, ni comparte la actitud. Porque ella siempre lo ha tenido claro, y si el mundo es *entristeciente*, será porque una consiente en estar triste. Y no hay vuelta de hoja. En uno de sus arranques, Fausti ha cogido la silla de Cristino e inclinándola la ha llevado de nuevo a la mesa. Cristino, sorprendido, ha abierto unos ojos como platos, ha dejado que su corazón se acelere, que se calme, y luego en cierto modo ha agradecido que sus vagos pensamientos se queden allí, al otro lado del cristal.

—Tanta ventana, tanta ventana. No quieren ventana más que aquellos que no saben qué hacer consigo mismos, que se les va la imaginación volando, que echan a perder el tiempo y no hacen otra cosa que rumiar sus desgracias. Tanta ventana —Fausti ha levantado la voz más de lo que suele—, lo mejor que puedes hacer es ponerte a leer algo, o a escribir a alguien. Anda, cambia una ventana por otra, pero para salir de verdad, y déjate ya de boberías..., la ventana para los que no quieren estar consigo. Y volar, lo que se dice volar, que sea haciendo.

A Cristino se le ha pasado el susto, pero se le ha quedado la cara de enfado, de sorpresa. Además, hace evidente que nadie lo comprende, que en realidad le importa muy poco a la gente y al mundo. Pero calla, calla como un mártir.

Fausti sonríe para sus adentros, porque sabe que este incordio, que esa rabia que su hijo siente, es vida. Está claro que a Cristino hay que hacerlo de rabiar.

El tiempo pasa

Tempus fugit, el tiempo pasa. El tiempo se pasa. El tiempo se me pasa. Y no lo hace tan silenciosamente como debiera, que cuando uno se da cuenta es porque hace mucho ruido. A lo mejor es una condición de estos tiempos, porque tampoco es normal ese silencio... o ese ruido, según se mire. No es normal que todo se hinche de vacío, que todo cuanto nos envuelve esté lleno de vacío. Que el vacío nos ahogue. Sin duda son los tiempos. *I come from down in the valley where mister when you're young...*

Ramón descansa tumbado en la cama con perezosa desidia. Ha trabajado mucho y le ha satisfecho poco. Más que nunca trabaja en la cama, sí, parasita en ella. Allí despliega su portátil y allí echa disimuladas cabezaditas y pierde la imaginación poniendo los ojos en los rincones, por donde precisamente va pasando el tiempo silencioso. Le acompañan con parsimonia y lentitud algunos temas de Bruce Springsteen, o mejor, se acompaña en ellos: *We'd go down to the river and into the river we'd dive... down to the river we'd dive*

No nos engañamos si decimos que mira su móvil más de lo usual, que espera una notificación, que desea que suene, que haga de mensajero. Pero el caprichoso está como el tiempo, silencioso. Ya estamos. De cuando en cuando y más de lo que quisiera, a la imaginación se le vienen unos ojos nada imaginativos, todo lo contrario, bien reales son, bien clavados los tiene en su ser. Cómo los disfruta y cómo lo torturan. La verdad es que la muchacha es preciosa, son preciosos sus labios y más preciosos sus ojos, toda ella, es verdad, pero lo peor es esta atracción que crece, "que no olvido sacarme, que no puedo sacarme. En este preciso momento soy un hombre vencido, y mira que me gustaría ser un hombre luchador, de esos que tienen claro que no deben renunciar al camino diseñado. Creo que quedan pocos, será también cuestión del tiempo, de la nueva sensibilidad. Dichosos tiempos, para mí que el ser humano nunca ha estado tan solo. Yo creo que debe ser algo así como un exceso de comunicación quizás, un exceso de estímulo. Oye, con lo facilito que es que te manden un mensaje. Y mira por dónde, ¡si la conoces más digitalmente que en carne y hueso! ¿Qué es pues lo que te obsesiona? ¿Una quimera?..." *but lately, there ain't been much work on account of the economy. Now all them things that seemed so important... they vanished rigth into the air...*

Cierra entonces los ojos como si de esta manera consiguiera borrar toda huella de pasado, toda tendencia de su voluntad, toda afección. Y cuando consigue olvidar y sacar de sí los buenos males, tiene la impresión de que vuelve a una oscura gruta, a un postizo, a un sinsentido.

Now those memories come back to haunt me... Is a dream, a lie if it don't come true... Entonces viene el pensamiento a arrojarse las piedras de la dialéctica (que si es mejor ceder, que si es mejor pasar; que la busques, que no, que te vayas) y con el temor de quebrarse la vida, Ramón no sabe si dormirse, que no va a poder, o levantarse y coger su bici e irse a los campos, pero carece de fuerzas. Así que no le queda otra que recrearse en la crisis... *that sends me down the river thougt I know the river is dry...* El hombre deportivo, de la carencia de seriedad, el ser jovial que había conseguido construirse, se moría de puro serio que estaba con su vida. *Oh down to the river...*

Se acerca la primavera con ese breve gesto de iluminar todo y despertar de un manotazo los corazones. La primavera, ese extraño acontecimiento que nos hila al mundo como tapices, que nos panteiza, que obliga a escupir los demonios para salir al paso, que nos lleva al pasado y nos melancoliza con su alegría... La primavera.

DOS

Era media mañana, de un día estupendo. Estupendísimo para lo que eran las previsiones del inicio de primavera. Ramón ha cogido su propio vehículo desechando el de la empresa por incómodo. Pensaba en Alonso. Así que se ha encaminado al pueblo solo para llevarlo a ver los pozos de la vaguada, pues estarán hoy descubiertos porque, de nuevo, Patrimonio ha decidido revisarlos. "Seguro que le interesa al hombre y seguro que me pone verde... Total, para lo que me puede caer".

El bueno de Alonso ya estaba a la puerta de la casa oteando a un lado y otro la calle, observando el revolar de vencejos y golondrinas, contagiándose del olor fresco de primavera. Algunos algodoncitos se colgaban del cielo. Era anuncio de lluvia, según decía su padre. A él nunca le salieron las cuentas y los cielos aborregados le parecían un simple síntoma de desgaste del cielo. Le entusiasmaba la idea de observar aquellos pozos, entre otras cosas porque hacía ya mucho tiempo que no visitaba la zona, la de la Cañada de San Marcos.

El vehículo, grande, limpio y espacioso, se detuvo justo a su altura. Sonó el claxon. El hombrecillo se introdujo en el coche lo mejor que pudo, dando muestras de impericia. Ramón apagó la radio y saludó al señor con una sonrisa jocoseria, como diciendo "a ver qué nos vamos a encontrar". Alonso estaba todo serio y puso el bastón entre las dos piernas descansando sus dos manos sobre la empuñadura. Ramón tuvo que ponerle el cinturón de seguridad.

En el coche, Alonso no hacía otra cosa que mirar por la ventanilla con cierta avidez. Se le notaba escrutar cada rincón, reconocer cada herida. El avance de las ruinas y su sustitución por elementos constructivos de nuevos materiales. Le llamó notablemente la atención que hubiese más placas solares que viñedos. Aquí y allá salpicaban bosquecillos de pinos que eran el usufructo medioambiental de la explotación minera venida a menos en los últimos tiempos.

—Jodo, en verdad que ha ido cambiando la cosa, está todo lleno de carreteras, de puentes. No hay quien lo conozca, si no es por el Pozo de Máximo y las canteras que se dibujan fácil... ¿Sabes? Esto lo he corrido yo de muchacho. Había una simple carretera que echaba hacia el norte, estrecha y llena de curvas. Era difícil, por no decir imposible, ver pasar algún coche. Por cierto —interrumpió el espectáculo meditado—, ¿qué tal le ha ido a usted con esto de los pozos? ¿Ha tenido muchos problemas?

—Bueno, la verdad es que no me han llovido las felicitaciones —contestó Ramón—. Me han dado incluso un tironcillo de orejas, aunque los superiores comprenden que son circunstancias con las que habrá que bregar. Claro que también he recibido alguna felicitación, sí —rostro irónico—, por haber cumplido con tanto rigor el protocolo. Nada importante viniendo del Departamento de Calidad.

—Hombre, ya es algo. Pensaba yo que estas cosas iban por lo rápido y que, en empresas como la suya, atareadas con la velocidad y la necesidad de tiempo... —Alonso hizo una breve pausa—, pues eso, que todo es más voraz y que de no existir no existe ni el protocolo, ni la actuación, ni la conservación.

Anduvieron luego unos doscientos metros hasta llegar a los pozos. Un operario acompañaba a una chica jovencita, guapa y pizpireta que tomaba notas y preguntaba.

Ramón la saludó con cordialidad. Ramón presentó a Azucena Alonso. Lo presentó además como un amante del entorno, de las ruinas, de la historia y de no sé cuántas cosas más, todas asociadas a lo viejo.

—Bueno, la señorita va a pensar que soy parte indivisible del terruño, tampoco es eso.

La joven rio con soltura y desparpajo. Pero se le notaba que la presencia de Ramón la turbaba. En ese momento, Alonso se percató del atractivo del ingeniero. El operario los dejó a los tres en buen amor y compaña.

—No tendremos una determinación en firme al respecto de los pozos. Es verdad que sería muy interesante su conservación. Pero tal vez sea más costosa que gratificante —la joven se expresaba en la medianía de la burócrata y la estudiosa de informes arqueológicos—. En rigor es uno más de los ejemplos de aculturación rural.

Ramón casi se desentendía. Alonso pegaba la oreja y le costaba resistirse a intervenir.

—Ya, aculturación —dedujo Ramón—, ¿y eso?

—Bueno, gran parte de los vestigios de la zona son resultado de la antropización del lugar por la explotación agropecuaria. En ese aspecto, hay vestigios que han sido usados, rehabilitados, olvidados y vueltos a usar desde época romana.

-O ooo... —no pudo resistirse el viejo—. O oo… más allá… ¿Bronce tal vez?

La chica lo miraba con cara de sorpresa, porque Alonso estaba muy serio. Ramón reía por lo bajo y pensaba: "no, si la vamos a liar...".

—Son muchos los ejemplos, pero está estudiado poco, como casi todo lo de por aquí.

—Pero quién lo va a estudiar, si esta tierra es la del descaste. Aquí falta el amor por lo propio. Miren —y señaló con la garrota—, ¿dónde estamos? Pues eso, en el centro. Y nos dicen desde pequeñitos: "lo enriquecedor del centro es que todo ha de pasar por él, que contacta con toda la periferia, que facilita la comunicación, la de ideas y la del transporte de mercancías —y bajaba la garrota enfadado, muy enfadado— lo que facilita es la diáspora, el éxodo y las influencias dañinas, y ya está.

Ramón apenas podía tenerse la risa. La chica también sonrió.

—Bueno, puede que sea verdad —intervino Azucena conciliadora—. Todas las ruinas tienen su historia y son interesantes, en especial estas de carácter rural. Pero su conservación es inviable. Más viable es su estudio, pero, en efecto, el interés es mínimo.

—Mire, en quinientos metros a la redonda, sacaríamos, según me hago la idea, dos cuevas al menos, tres bombos, pobres sí, pero bombos con su cúpula y arco de entrada. Alguna quintería mayor abandonada. No más allá una venta. Pozos a mansalva. Esto sin hablar de la propia cañada...

—Cierto, sí. Pero estos pozos los estamos reconsiderando. Pueden ser de época romana, reutilizados en etapa medieval. Pero lo que nos interesa es reclamar el carácter patrimonial del Acuífero 23, y estos pozos son buenos testigos en este sentido...

La chica se centró en los papeles. Ramón atendió a las razones. Alonso se desentendió: "... na de na, lo de siempre... ¿de dónde será esta muchacha?".

Viento

—Siento miedo cuando sopla tan fuerte el viento. Es como si algo me fuese a traspasar. A veces me parece que fuese el aliento de un monstruo —decía Elena mirando con reservas el cielo—. Y mira, no hay estrellas, la noche será oscura. Los nubarrones surcan a gran velocidad.

Los cristales tenían la dentera del sorpresivo frío primaveral. El viento silbaba como un viejo marino venido a la llanura a no se sabe bien qué, poniendo intriga de tormenta en la soledad de terruño y poblacho.

—Dime, Elena, ¿quién es él?

Desde su sillón, ya suyo, ya él, adivinó Luis el espanto de aquellos ojos que se volvieron del cielo. Lo miró, entre sorprendida y confusa. Luis mantenía sus dardos clavados en ella.

Elena evitaba la inquisición. Había reparado en aquella agresividad y le daba miedo también. El viento empujaba contra la ventana, el viento la empujaba hacia los brazos del hombre y ella no quería. Sus latidos se aceleraron. No supo que no deseaba a aquel hombre casi inerte hasta que conoció al otro. Ahora sí, ahora descubría un objeto doméstico más, una especie de posesión o de mascota que se había hecho peligrosa. "Si hubieses hecho caso de las primeras premoniciones", pensó.

Con una mirada de dulce compasión, más para disimular su azoramiento, abrió Elena brevemente el puño para que respirase el alma de Luis y luego lenta, con la impenetrable obsidiana en los ojos, besó sus labios. Medía hasta qué extremo lo poseía todavía. Los labios estaban fríos. Ni uno ni otro podían sorberse la vida. Él estaba vacío, y ella, ella no quería dar nada, ni siquiera calor. Resultaba que Elena tenía miedo del monstruo, y del viento, y de Luis, incluso de sí misma, por eso mismo, porque era incapaz de decidirse, porque no sabía qué hacer.

Los cristales vibraban en el sostén de aluminio. Breves gotas de lluvia resbalaban. Elena gozaba de la dilatación de la respuesta y de la expectación de aquel hombre sumido en el sillón y recién besado. Luis palidecía sin embargo, no sabiendo a qué atenerse entre los besos y los suspiros. Es verdad que Luis no tenía derecho a amar lo que era inalcanzable. No es que muriese el amor, es que Elena no le daba amor, ni le daba una respuesta. Y no obstante le daba besos. Sus pechos palpitaban vida y las manos de Luis paseaban la acedia por la pálida piel femenina. Aquello delataba un final. Sería difícil describir cómo se unieron sus cuerpos, buscando ella la seguridad de unos brazos que ya no le daban seguridad, buscando él, no sabría si decir la última oportunidad, o una despedida inolvidable. Pero era evidente que allí había alguien que no era él.

Cuando Elena se quedó dormida, su rotunda desnudez sobre la azulada claridad del lecho, Luis tomó el móvil de ella para confirmar la hermosura de su desnudo. Tomó tantas imágenes, como perspectivas pudo idear. Para entonces, el viento había cesado.

CLARIDAD

Con mal pie ha entrado la primavera. El frío secuestra los vértices de los aleros. Bravío y montaraz dobla las esquinas. Las nubes, muy grises, viajan alocadas y en sus límites el resplandor sanguinolento de un sol caído delata una tierra trágica. El silencio es meteorológico. Las calles siguen vacías. Ramón quiere recogerse en casa pero no puede, le da miedo la soledad y le saca afuera la esperanza. Observa su balcón-observatorio desde la calle, desde abajo. Ramonea por los alrededores. Mira aquí y allá. Anda unos pasos y vuelve sobre sus pasos. Así, tontamente, ayer se encontró con Elena. Bueno, se hizo el encontradizo. Él mismo se sabe alborotado, un tanto fuera de sí, o un mucho. "Este maldito sentir es el que me tortura. No, son las contradicciones que siento, que las pienso, no, mejor quiero pensarlas. No son más que nuevas sensaciones... ¿Será posible? Si parezco un quinceañero".

Una sombra. Y ya es bastante para verla. Sabe que no es ella pero adelanta unos pasos rápidos y disimulados. La sombra se desvanece. Ramón vuelve y busca una nueva perspectiva desde la esquina, esa esquina por la que corre el viento alocado. A Ramón le duele no estar en lo que tiene que estar. "Esto es una agónica repetición de la agonía. Esto no puedo ser yo, peor, no me deja serlo". Y con esto, y con la espera, con la desesperación, Ramón se auto tortura. Por supuesto que intenta pensar en otras cosas: un paseo por la vaguada con el viejo Alonso —que es de lo mejor que le ha pasado últimamente—, ese viejo Alonso que sonreía como un niño. Sus indicaciones señalando con el bastón a todos los pequeños oteruelos en derredor de San Marcos. Las explicaciones sobre los pozos, a todas luces más satisfactorias incluso que las que había dado la jovencita de Patrimonio. Las correrías de la niñez por aquellos campos. Pero era pensar en pozos y campos, en Azucena, y el espíritu de Ramón se dilataba como tratando de aprehender lo que siempre habría evitado, el sacrificio de su libertad. Luego, ese mismo espíritu se le constreñía, dentro de una cáscara de nuez, y caía muy al fondo de un abismo. ¡Extraña angustia!

El viento, que lo zarandeaba, lo sacaba también del ensimismamiento y volvía a andar arriba. Abajo y media vuelta. Sube y baja la calle. La chaqueta es poco abrigo ya. Pero estaba seguro de que ella iba a aparecer. Y no aparecía por supuesto. "¿Y un café? ¿Qué tal un café? Vamos Ramón, te invito a un café". Desanda de nuevo la calle peatonal en dirección al viejo casino. La calle está desierta. Finalmente, solapas arriba y manos en los bolsillos, se introduce en el primer bar que encuentra.

Elena, haciéndose la encontradiza, ha pasado ya dos veces por debajo del balcón de Ramón. Gira por los callejones que, auténticos túneles de viento, esparcen su negra melena. "¡Qué miedo! ¿Y si viene el monstruo?". Se arrebuja en la chaquetita poniendo sus brazos cruzados sobre el pecho, resguardándose del frío. No puede creer que este hombre no se asome al balcón, paseé por la calle. Que no la llame o envíe algún mensaje. Dichosa primavera. "El frío que hace, el frío que llevo dentro. Este frío". Ya sin disimulo ninguno, Elena observa detenidamente el balcón en el que reconoció un beso. Espera, casi aterida, quizá, un milagro. Ella al menos cree que se merece este milagro. El viento golpea su espalda como si pretendiera empujarla calle abajo, calle peatonal abajo. "Lo mejor será tomar un café —se convence—, luego pasaremos por aquí. Entremos en calor, cojamos energía". Elena se encamina al café. Pero el café está cerrado. Retoma pues sus pasos y entra en el bar a pesar de que no le guste mucho el sitio. Resulta que allí está él.

El primer paseo

Era el primer paseo en solitario de Alonso tras de la enfermedad. Por la calle del Carmen en busca del conventillo, como hacía siempre. Era gris el día, y de viento. El cielo amenazaba lluvia. Llovería sin duda porque él había salido sin paraguas. Por ello sería un día de primavera doblemente triste.

Tiraba el bastón de él, que avanzaba con lentitud de sabio. Miraba mucho abajo, no fuese a pasarle lo que al griego aquel. También miraba las fachadas como nuevas y desconocidas y recreaba sus ojos en los esconces y vértices. Volvía a aplaudir con sus párpados a las rejas más señoriales y se empapaba de balcones y piedras vetustas. Todo lo degustaba y le disgustaba. Es que allá por donde iba se adivinaba la falta de amor y la dejadez de la patria, es decir, de la herencia de los padres, de sus aciertos y de sus errores. Se adivinaba también, a la par de la impiedad, mucha, mucha inconsciencia. Un zócalo de baldosa cerámica. Aquí un balcón corrido de forja desaparecido. Allá unas portadas de aluminio con dispositivo automático que habían venido a sustituir a otras muy hermosas de vetusta, rancia madera. Más allá el encalado roto por el que asomaba la víscera del tapial... Tampoco era cuestión de pasarse, porque era su primer paseo, sus primeros pasos en soledad. Conque no miraría en detalle.

Al final de la calle de San Isidro, se le apareció el campo muy nuevo. El cielo era un simulacro de rasgaduras, claridad amarillenta amenazada por unos nubarrones de añil intenso, coronado todo por sombreros grises y amenazantes. Fuera del resguardo de las calles, el viento tenía tanta fuerza que doblaba los arbolillos vigilantes del caz y del río. Alonso no quiso aventurarse más allá. Seguro que ese viento se lo llevaría como a ese papel. El viento era, además de recio, fresco, húmedo y por lo tanto muy sospechoso. Pero también es verdad que traía la esencia de la llanura desgarrada y famélica. Apenas había llovido desde principios del otoño. Mejor sería regresar ahora que no llovía.

Y volvía, claro que volvía, pero con cierto aire de fracaso, porque no había conseguido robarle al campo la perspectiva de los surcos de ilusión, la agonía del río primaveral, o la pena de la sequía. Eso sí, regresaba más fresco y más sano y, además, sin mojar. Aunque le llevó lo suyo, por aquello de ir subiendo una pequeña pendiente: "esa manía de los ríos por recorrer las tierras bajas". Se detuvo frente al conventillo, parecía tan envejecido como él. Le descubría más máculas de tiempo y más grietas. Las golondrinas se habían hecho los nidos aprovechando el alerito de la torre. Señal de que iba a durar, gesto reiterado de los tiempos, insistente, cíclico, persistente. Miró el jardincillo con envidia, aunque no era tiempo de sentarse en sus bancos, ni hacía tiempo de lectura, así que continuó camino a casa dejando tras de sí los altivos cipreses. Apenas le quedaban fuerzas para ir a ver a Cristino. Esa sería la visita de mañana, la visita al amigo poeta. Llevaría el fresco y mixturado aroma de las afueras, la voluntad contradictoria de una primavera gris, la agonía del río y la ausencia de esperanza que transparece en las fachadas. Entonces empezó a llover recio.

LÁGRIMAS

Cristino está ausente. Sus pensamientos, sus sentimientos, su vida se han quedado encerrados detrás de un velo muy opaco. Así la posición en que lo pongan, así la dirección de su mirada. Por si acaso la echara de menos, Fausti ha puesto hoy a Cristino frente a la ventana, muy junto de ella. Por eso parece que mira al gran portón de enfrente a través de los cristales. Pero ni siquiera el racheado resoplido del viento lo altera. Cristino está sumido en un cansancio de días. Alguna vez parece que murmure algo, y que mueva sus labios. Sobre la mesa no hay nada. A Cristino, a veces, le tiemblan las manos como poseído de algún mal. Exhausto y sin fuerzas, no pide nada. Nada necesita. En su mirada abstraída, fija pero indefinida, falta la chispa. Es una negrura vigilante.

A Fausti le da mucho miedo de que se acostumbre a vivir así, mirando, o haciendo como que mira. Lo último que escribió en su tableta, mucho después de dejar de hablar: "ser un vacío espectador, una pura retina que recibe los azules y los grisáceos. Que ni siquiera llega a contemplar... Ser el vacío espectador que todo lo absorbe indistinto y en quien no queda nada... Es la síntesis de la poesía y de la pintura, del espectador y del creador".

—Anda, Isabel, hija, sigue con la tarea. Déjatela hecha para más tarde, que luego querrás jugar, y tienes que bañarte.

E Isabel abre sus grandes ojos con espanto de incomprensión y niega con la cabeza. Está sumida en la pantalla de su hermano, y todo le resulta molesto. Su madre insiste:

—Pero, Isabel. ¿Cómo hay que decirte últimamente las cosas? Menuda niña, ¿qué te pasa? Venga vamos, que luego tendrás otros menesteres.

Isabel cierra sus grandes ojos. Irrumpen los lloros. La ventana se ha nublado, el sol ha parpadeado, la habitación se ha oscurecido. Cristino sigue sin moverse, sin parpadear siquiera.

Fausti está confundida, más confundida, desdichadamente confundida. Acoge a la niña en su regazo y la apoya contra su pecho con ternura de madre inicial, de madre que no sabe qué le ocurre a su retoño, a sus retoños. Fausti piensa que todo es por la crisis que pasa Cristino, porque Isabel es muy sensible. Fausti quiere disimular sus sufrimientos, pero una extraña grieta empieza a dibujarse en su frente.

— A ver, qué le pasa a mi niña, ¿es que está triste?

Y el silencio se lo llevan los suspiros del llanto que se acaba. El calor materno calma las lágrimas. A Isabel le tropiezan las palabras y apenas afloran con sentido. Ella dice, ella quiere decir, que no quiere ir al colegio, que ella quiere ir al campo, que quiere correr por la cañada, que quiere brincar allí con Otto, que quiere pasear de la mano de Alonso, que quiere ver a los hombres viejos y al perro peludo del pastor. Que ha leído que las amapolas están ya coloreando la tierra y que todo está muy bonito, y quiere verlo, y hacer ramos de flores y...

La infausta Fausti, a punto de llorar también, besa las mejillas de rosa escondidas entre las trenzas, y despega brevemente de sí a la niña para mirarla a los ojos:

—Cuando mejore Cristino iremos todos al campo.

—¿Me lo prometes? —dice entre hipidos la niña.

—Te lo prometo hija.

Del rostro de Isabel se ha escapado la sonrisa del niño escéptico.

TRÍPTICO DE AMOR

De la mano salieron del bar. El viento los hacía correr, joviales, juguetones. Él podría haberla abrazado, pero no se atrevió. El viento los refrenaba, con más fuerza si cabe que con la que antes los había empujado hacia su destino. Al llegar a los callejones, un vendaval de agua y aire los envolvió. Se abrazaron. Pudieron besarse. No lo hicieron y buscaron el resguardo de los soportales. La lluvia arreciaba a rachas y escurría por las paredes. Luego los canalones empezaron a vomitar agua. La Plaza se metamorfoseó en un inmenso espejo. Impávidos, ambos observaban el capricho del tiempo. Ramón, entre atrevido y avergonzado tomó de la mano a Elena. Esperó al paréntesis. Al otro lado de la explanada una sombra zaherida y azotada se resguardaba bajo un paraguas. Llegó el paréntesis y la pareja se condujo, ahora sí amarrados, por la peatonal. Se besaron en el portal, limpiamente, como dos adolescentes. Al trasluz del alumbrado vieron pasar la sombra con el paraguas. Se besaron con algo más de pasión. Poco tiempo después, contemplaban la lluvia y el viento desde el balcón de Ramón.

En un remanso, hablando de amor, que es de una cosa de la que a veces hablan los enamorados entre sí, sin decirse el que se profesan, Ramón relataba a Elena la curiosa teoría del amor que Alonso le había contado a él y a la chica de Patrimonio, bueno, aún mejor, que le había grabado durante la disertación sin su permiso, por supuesto: "el amor está exagerado, lo exageramos. No es que no exista, pero es que como vinieron a cantarlo Safo, y luego los Horacio y Ovidio, y como se hicieron tantos *Carmina* con el mal gusto de Catulo, pues eso, que ahí se ha quedado. Y luego vinieron los Petrarca y toda su recua, y hale, a cantar al amor. Poetas amantes de los que amaron muy pocos. Toda la poesía llena de tópicos y víctimas, nunca mejor dicho, que vaya tontería. Y como no basta además con decir te quiero, se muere por amor, y la gente se mata por amor. A eso lo llaman romanticismo; que no hay mayor tontería. Vamos, que el amor está sobredimensionado, y al verdadero amor, que es el amor al prójimo, nos lo pasamos por las narices, que digo yo. El amor de pareja, filial, no es sino manifestación sesgada de este amor al prójimo, muchas veces teñido de interés y egoísmo. Pero qué le vamos a hacer. De todas formas, solo hay que ver lo que dura las más veces parar hacerse una idea de lo que vale".

Después de lo contado. Después de escuchar el comentario en directo y reír al amparo de unos vinos, la pareja volvió a sus arrumacos. *We said we'd walk together, baby come what may. That come the twilight should we lose our way. If as we're walking a hand should slip free. I'll wait for you and should I fall behind, wait for me...*

A Elena le hubiera gustado que el tiempo se detuviese para siempre.

Pero el amor es también desamor. Hay como una justicia en el mundo por la que, si da, es porque por otro lado quita. A Luis le habían quitado el amor. Eso quería decir que ese amor se lo estaba agenciando otro. Y allí estaba el otro, con ella. Al otro lado de la plaza. Los observaba petrificado desde debajo de su paraguas, empapado y quieto como un pedestal. De piedra, claro, se había quedado de piedra. Porque había salido para buscar anónimamente a Elena y se había encontrado con la Elena que sospechaba, pero no con la que quería. Allí estaba, con el famoso ingeniero de las placas, abrazada a él, resguardándose de la lluvia, al amparo de la luz eléctrica.

En el anonimato de la lejanía, hizo un intento de seguirlos. Pero se le escabulleron en la calle peatonal. De todas formas. ¿De qué le servía jugar con su dolor al detective? ¿No sería mejor mitigar el dolor con alcohol, o con otra mujer, o con un paseo bajo la lluvia? El viento levantó y dobló su paraguas. Poco le importaba. Con rabia, volvió a ponerlo del haz. Bajó toda la peatonal. Era mejor olvidar, en efecto. Aunque Elena no se le iría de rositas.

Más flores

Tenía los ojillos vivos y frescos, es decir, resucitados, resucitados como la primavera virgen. Isabel culebreaba con Otto por las siembras. Azoraba las flores con su flor y agraciaba las hierbas con la ligereza de sus pies. Otto recordó qué era ladrar. Y el campo se sonreía de tener a su infamia en la entraña.

—Mira, Otto, amapolas. ¡Qué rojas son! Otto olisqueaba las flores como huesos vestidos de domingo, y brincaba sobre ellas queriendo atrapar su estela de alegría.

De aquí, de allá, amarillas, rojas... Recogía Isabel flor a flor llevándose la fragancia de todos los aires mecidos, dejando la tierra rapada, robándole el estampado de la primavera y anunciando con las risas y el arrancar la llegada del verano.

—Cuando no quedan flores, Otto, es que el campo se aburre. Por lo menos eso dice Alonso.

El perro miraba los confines dejándose golpear el hocico por el aire, por la hierba, por las manos.

Sol que eres alegría, bondad y sonrisa de Dios esparcida por la tierra. Sol que eres la llama viva de amor imperecedera, de la que brotan las flores, almas abrigadas en su seno. Cuánto amaba esta niña al sol. El sol era su amigo y cuando venía con insistencia a ella le gustaba salir a campo abierto para recibirlo, por eso danzaba corriendo y por eso cantaba gritando. Alonso observaba desde la lejanía, disfrutando de los retozos de la niña, el ir de acá para allá, la recolección de flores, el despertar de la musa de la inspiración y de la luz, la ninfa de la alegría del llano. En fin, todo sea dicho, la posibilidad futura de la nueva sensibilidad.

Avanzaba lento. Rozaba con sus manos los brotes de tomillo, mordisqueaba los del hinojo. Al frente, las sierras azuladas señalaban los confines de sus preocupaciones. Allí terminaba su espíritu. Él era el llano reencarnado... Recorría nuevamente con la vista la cañada y sobre ella a la niña y al perro como sobre una alfombra de terciopelo verde. El cielo era azul de intensidad. Bateles blancos de nubecillas se olvidaban del amarre y echaban a navegar impulsados por el ánimo universal. En la lejanía del horizonte, más al este, un humillo gris agrietaba las palideces: alguien elevaba su ofrenda a los dioses.

Fatigada, Isabel vino a sentarse en una gran piedra, acogedora y plana. En ella dejó un buen sitio para que se sentase Alonso.

—A ver quién me levanta luego.

Isabel sonreía. Desde que habían llegado al campo, no había perdido esa sonrisa.

—El abuelo sabe un truco con la garrota. Mira —y le arrebató el bastón— y con gracia cándida, apoyando las dos manos sobre la vuelta, y haciendo trampa, la niña se levantó—, lo ves, es superfácil.

—Desde luego, descuida.

—Venga, prueba. A ver.

Y Alonso hizo el intento, pero ni con trampa ni sin trampa pudo incorporarse. Isabel rio explosiva.

—Bueno, creo que después de descansar un ratito no me costará.

Los insectos zumbaban alrededor y Otto los perseguía dando dentelladas al aire. Las hormigas laboraban incansablemente, levantaban zigurats y construían autovías.

—Mira, Alonso, son la economía verde.

—Vaya, eso está muy bien... ¿y dónde has aprendido tú esas cosas?

La niña puso cara de pocos amigos y se fue por las ramas.

—Las hormigas tienen una fuerza enorme. Esa, esa lleva algo más grande que ella, y se nota que le cuesta.

—Sí, se nota. Está mucho más en forma que yo desde luego —la empujó con el bastón hasta que soltó la presa. La hormiga, tenaz, volvió a lo suyo, y otra se puso a ayudarla—. Caramba, son el mañana, no hay duda, tenaces y trabajadoras. Pero no les gusta la poesía.

—Eso no es verdad. Las hormigas son grandes poetisas. La reina les canta para que ellas duerman después del duro trabajo.

—Sí, es verdad. Y las pequeñitas creo que van al colegio, donde les enseñan todos estos modales y esta disciplina.

—No hay colegio en los hormigueros —dijo Isabel muy seria—. No hay hormigas profesor.

—A ver, y a esta señorita, qué es lo que le pasa con el colegio, que me ha dicho un pajarito que no quiere ir...

Isabel pasó en muy poco de la sonrisa al llanto; a un llanto desconsolado.

La Biblia. La mesa blanca. La ventana indiscreta. El silencio. Cristino. El joven atisba el exterior desde una silla que es toda su vida: "el pedestal de mis latidos". No habla. Apenas come. Apenas lee sino párrafos bíblicos e iras divinas. Mira. Mira a través del vidrio una calle, la misma calle, la gran portada de ruinosa madera, el nuevo encalado, la vida transeúnte. Mira...

"Contemplación, pura contemplación, he aquí la más sublime poesía". Vuelve de la reflexión a La Biblia, la abre con esmero. Se cuida muy mucho de su torpeza, de no romper su película virginal que es ese papel translúcido: "... así que estuvo cerca, al ver la ciudad, lloró sobre ella...". Y mira de nuevo a través de la ventana. Contempla. Llora. Cristino está llorando: poesía.

Nunca sabremos por qué no quiso ver a don Alonso. Por qué no quiso escuchar su voz. Por qué no quiso darle sus últimos versos. Ha quemado la nave, es decir, ha quemado la poesía. Resulta que ahora *poesía* es *vida*, la más sublime poesía es la vida creada desde el más fino avitalismo. Ni merecen la pena los versos en papel, ni merecen la pena los versos digitales, ni los versos virtuales, ni las imágenes líricas, ni la poesía visual. La verdad es una *visión poética*. ¿O habría que decir que la visión poética es la verdad de algo? Ardieron todos los sentimientos falsos, fueron combustible. Remitidos a lectores inexistentes, a seguidores muertos, a correos falsos y olvidados.

Golpean en la puerta. Es Fausti que ahora tiene que pedir permiso para entrar en su propia casa. Todo para que el chaval no se enfade. Aun así, las meditaciones de Cristino se borran con los golpes —*interruptus*—, y él vuelve al mundo, molesto, tocado de ira. ¿Quién se atreve a bajarlo del Parnaso para ofrecerle un vaso de leche?

—Cristino, Por Dios, ¡algo has de tomar!

Pero Cristino empuja el vidrio que cae al suelo y la láctea escapa como estrella, confundiendo el líquido con el dibujo de la baldosa. Fausti se vuelve desconsolada llevándose una mano a la boca, haciendo por evitar las lágrimas. Es imposible. Encogida vuelve sobre sí, gimiendo. Cierra la puerta.

Cristino se deja arrastrar de nuevo al empíreo del arte. Abre nervioso, tembloroso, inhábil, la Biblia: "mientras esto hablaban se presentó en medio de ellos y les dijo: la paz sea con vosotros".

Cristino vuelve la paz de sus ojos a la calle. Le queda muy poco para conseguir la esencia del puro espectador, única posibilidad de la poesía: ser poesía y que el mundo sea poesía.

A su espalda la leche agria el ambiente, las baldosas protestan contra la nueva poética. Pero Cristino no está.

DESAMOR

Inesperado, inesperable. Indeseado. Quizás indeseable. ¿Alguna vez fue deseado?

Amor. Traza el amor su soga. Ya no hay caricias. Las caricias pertenecen a otros mundos, a otros tiempos que ya no nos pertenecen. Es un día gris: algodones sucios copulan con el azul de la primavera. En el sillón que fuera suyo disfruta Luis de los nubarrones de Elena. Tiene él una sonrisa entre los labios, a medias sardónica, a medias de ultratumba que ultraja no solo a su rostro, también al cuerpo de Elena. Petitoria de explicaciones. Quiere respuestas del porqué de los silencios. Encelado quizás.

El cielo se hace a veces más azul. Los ojos de Elena brillan. Luis no puede evitarlo. Luis ama a Elena, aunque cree que no la ama, que pudiera no amarla. Y sin embargo la ama hasta la muerte, y ahí está, muriendo.

—Esto no es posible, Luis. Ni siquiera sé qué fue lo nuestro, pero sí que tengo claro que fue el pasado —calla y Luis permanece silencioso, mirando el surcar de las grises—. Ni puedes venir, así como así a mi casa, es más...

Luis interrumpe con un "no" iracundo. Se ha perdido. No consiente que le digan no. No consiente las excusas, los rodeos, los disimulos, las falsedades, las simulaciones. Le parece estar asistiendo a un teatro en el que Elena es la bella actriz protagonista. Pero Elena está muy firme en la realidad, tan firme que no le gustaría pecar de cruel al decirla. Ella rebaja el dolor de las palabras y él acrece su rabia.

Luis recuerda los besos de otros tiempos, los hilvanes de la carne, la contemplación precisa de la belleza. Que hubo un tiempo en que más que ser acariciado acarició. Ahora descubre las palmas de las manos que le ponen el límite, que lo privan, que lo apartan.

—Por favor, Luis, déjame estar, déjame tranquila, haz tu vida.

—Estás obsesionada con que te deje, con que te deje hacer, cuando resulta que siempre te he dejado hacer. Obsesionada con que haga mi vida, ¡y no me dejas hacerla! No sé, Elena, tu lejanía me resulta cruel, injusta —se levanta del sillón armado de violencia—, no tienes derecho a echarme así de tu vida y destruir la mía, porque es eso, eso es lo que quieres, echarme, acabar con tu juego. Pero no puedes borrarlo —sonríe sarcástico—, no puedes borrar lo que está ya escrito para siempre.

El espejo está roto, aristado; lo único que puede hacer es ya herir, segmentar la imagen, multiplicar los simulacros.

—A ver Luis...

—A ver, a ver... ¿qué veré? —interrumpe—. ¿Qué tengo que ver? —grita desaforado—. Tú sí tendrías que ver... y tendrían que ver todos, todos cuantos no conocen a la verdadera Elena.

Luis la empuja con toda la furia. Elena trastabilla y cae sobre la cama. Furibundo, amenazando, puño en alto, el torbellino sale de la habitación. En el aire aún vibran las últimas palabras: "¡ya verás, vaya si verás!".

EN LAS ALTURAS

La verdad es que no tiene precio. Hoy Alonso le ha devuelto todas sus deferencias y se lo ha llevado a contemplar el pueblo y el llano a vista de pájaro. "Es como con un dron, o en vista de satélite, pero mejor" —ha comentado Ramón un tanto sorprendido.

En efecto, esto sí que es el panorama de la llanura. La torre, un privilegio de curas ociosos e indiscretos, de campaneros, sacristanes, y ahora de amantes del museo local. Alonso sonríe, aún fatigado por el esfuerzo del ascenso. Sonríe porque adivina la estupefacción en el nuevo visitante. Sonríe porque, águila de muchos años, vuelve a ser águila.

—Es verdad que el día no acompaña, aquí agita el viento con violencia, da hasta miedo. Parece incluso que los nubarrones estuvieran aquí mismo. Pero es maravilloso, es una gozada.

En un principio le llama la atención la uniformidad de los tejados, los arroyos y riachuelos de calles y callejas. Cómo continúan allá en el campo, el alfombrado de ocres, amarillos, verdes. Ese difuminado del horizonte en el lado de la tristeza.

—Supongo que aún más impresionante debe de ser en los días soleados —dice Ramón entusiasmado.

Alonso sonríe de nuevo. De no conocerlo, Ramón hubiera pensado que había sido tocado por la musa de la estupidez. Ramón observa ahora lo cercano, la campana suspendida sobre su cabeza como bronce gigante y oscuro, yelmo mudo. Los grafitis viejos, arañas de pared, indiscretos en nombres y fechas.

—Sí, y ahí hay uno de la época de la Guerra de la Independencia; tiene que ser de algún romántico francés..., de seguro que lo enjalbegan cuando haya presupuesto.

Las alturas, subir tan alto. Como subir a la felicidad, es la gloria... y luego pensaba en este momento dichoso que vivía y que la contemplación venía a refrendar. "Las alturas hacen más duras las caídas..., ley de la gravedad".

—Hay que ver qué puro que está el llano, aunque nos lo cubran los malignos encantadores —reflexiona ahora Alonso—. ¿A que ha merecido la pena subir?

Ramón se asoma mirando a la placita y asiente. Los diminutos transeúntes cruzan el amplio espacio buscando la calle peatonal o el edificio del Ayuntamiento, algunos cobijados bajo sus paraguas. Alonso toca con su bastón el pretil y prosigue:

—Parecía que iba a ser seco, apenas se han iniciado las cosechas de un cereal canijo y se ha puesto a llover. Pero la lluvia, la lluvia, amigo, es una bendición.

—Sí. Pero la lluvia va a hacer que me traigas otro día.

Tan espectáculo como el que ofrece el mirador es la contemplación de la mirada de don Alonso, mirada perdida entre las cosas, mirada que recorre las calles, mirada que va de lo cercano a lo lejano, mirada de patios, corrales, tejados, plazoletas. Allá el castillo, ermitas, santuarios. Más allá severas, indiscretas, altas edificaciones. A aquel lado el río que viene serpenteando, se adentra en la población y se va.

—Hay que tener un alma de surco, bien se ve aquí que este paisaje es un cantar del sembrador. Que yo no tengo nada contra nadie sabe usted, Ramón, pero es que —hace una pausa señalando con el bastón—, mire... Para nada mediterráneo, para nada. Muy mesetario, todo muy mesetario. ¿Comprende usted ahora por qué no ensalza todo esto al segador, y sin embargo en exceso al sembrador?

—Pues no, la verdad, Alonso, que no entiendo lo que quieres decirme —contesta Ramón—, aunque sé por dónde vas. Y di lo que quieras, yo mediterráneo, sí, pero muy adaptativo. Pero verá, soy del Levante, no catalán..., no sé si irá por ahí.

—No, no voy por ahí, voy por la psicología. Lo que tiene usted aquí son espacios abiertos, una tabla rasa y un desierto. Aquí, como que todo es tránsito... ¿entiende? Hábito. En fin, desde aquí arriba se nos hace más patente que un hombre se ha encontrado... Se ha encontrado mirando la ausencia que se ha dejado ahí abajo.

—Bueno, si tú lo dices. Tú eres el que subes aquí de continuo.

Ramón disfruta con esta especie de soliloquio y analiza la mirada del ancianete como una mirada de vejez despierta, de inquietud por el presente, de amor por el pasado. De preocupación por el futuro.

—Hay que ver, Alonso, pero desde que volviste a la vida, pareces otro... Otro mucho más joven, claro.

—Usted lo ha dicho joven. No es que sea otro, es que he vuelto a la vida, y hoy, aquí, mirando todo este amasijo de herencias, acabo de certificarlo. Ahora soy en verdad un viejo que merece la pena morir. Es más, posiblemente moriría un tanto más convencido de que, a lo mejor, merece la pena su apuesta por la tecnología y las fuentes renovables.

Ambos carcajean. Alonso ha girado sobre sus pies y sin aviso ha iniciado el tortuoso descenso, todo un calvario de alegrías. Tiene la impresión de haber sembrado en la yerma tierra del ingeniero cierto amor de patria. Ramón lo sigue con una sonrisilla malévola. Lo detiene poniendo su mano sobre el hombro, y pasa adelante:

—Anda, Alonso, no te vayas a caer, ve tú detrás.

Alonso ha ido a hablar con el tutor de Isabel. Él sabe que no es nadie, ni representa legalmente a nadie. Pero ¡qué demonios! Algo hay que hacer. Él sabe también que, ante sus sospechas, algo debería de haberle dicho a la madre. Pero no, antes de sembrar dudas, males, insomnios y preocupaciones, prefiere indagar, descartar, arreglar si es posible, que bastante tiene ya la pobre.

—¿Y usted quién es? —pregunta el tutor con algo de alarma.

—Soy un buen amigo de la familia. Además, soy el padrino de la niña, de bautizo y de comunión.

—Pero usted comprenderá que yo no puedo hablar con cualquiera..., que mi responsabilidad es tener entrevistas con los tutores legales.

—Sí, así es, pero... no, tampoco soy "cualquiera" —con acritud— y usted, don Luis, también sabe que el caso de Isabel es un caso especial —mira al joven con algo de distancia y disgusto, profesoral—, pocos niños han vivido las circunstancias que ella ha vivido y que vive actualmente en su hogar.

—Estamos al tanto de la desgracia que aconteció el año pasado. Fue terrible. Pero no dispongo de tanta información sobre la situación actual. Isabel es una niña muy hermética.

—No sé, yo creía que los niños no eran herméticos... Pero, en ese sentido es por el que puede aprovecharse de mí —interrumpe de nuevo el profesoral Alonso—-, yo no soy nada hermético, y si realmente tiene interés en ayudar en la situación de Isabel...

A Luis no le queda más remedio que escuchar al viejo, padrino de la niña en religiosos eventos, amigo de la familia, íntimo del fallecido padre, sabelotodo y metijón. De buen grado lo mandaría a paseo, pero la vergüenza, la prudencia, el disimulo y la intriga le animan a transigir.

La niña no quiere ir al colegio. La niña no tiene amigas. La niña no quiere ver a don Luis, especialmente a don Luis. Y llora desconsolada. Y a veces maltrata a su perro, y no hace caso de su madre. Ignora a ese hermano que la ignora. Alonso se ve obligado a explicar la extraña situación del joven hermano mayor. De la lenta recuperación del accidente, de las secuelas más psíquicas que físicas del mismo. De la ausencia de un padre amoroso, imprescindible.

Luis, don Luis entiende, claro que lo entiende. No contaba él con la situación de casa. Una madre que ha de trabajar casi doce horas diarias, empleada de forma azarosa en un geriátrico de chica para todo, enfermera auxiliar y personal de limpieza, ama de casa, madre de dos criaturas. Viuda hacendosa y tutora de Isabel.

Y los malévolos pensamientos de Luis se van por las ramas al cielo… "¿Y por qué no se casa con ella? ¿Será el padrino también amante? ¿Por qué no resuelven la situación de forma contractual? El hombre parece tener buena pensión". Y Alonso, que intuye el revolar de su interlocutor, improvisa el *tour de force*. El color de cara cambia la actitud en el hombre nervioso que retorcía sus dedos y no dejaba de mover sus pies bajo la mesa:

—Y dice, además, que no vendrá mientras don Luis la obligue a hacer esas cosas —largo silencio, quietud— a ella y a Iván. Y me pregunto yo, qué cosas serán esas, porque ella no quiere decírmelas.

Don Luis, Luis, se repone. Vuelve a retorcer sus dedos. "Juegos de niños, son juegos de niños". Y en el fondo sabe que tiene que controlar ese salto a lo indómito que había dado en los últimos meses. Ese juego que creyó frugal y que no pudo evitar repetir. En su mirada huidiza, Alonso adivina el mal. Tampoco quiere amenazar. Ni le gustaría saber la verdad, porque lo único que él quiere es que Isabel vuelva a la escuela, y que las corrientes sean reconducidas por la sensatez.

—Mire usted, son cosas delicadas. Lo suyo es que la madre venga a hablar conmigo. Si no puede, podemos mantener conversación telefónica, o bien mediante mensajería en la plataforma.

—Ya...

Alonso vuelve a casa un tanto desilusionado, con la mosca detrás de la oreja y sin usar el bastón. Luis, don Luis vuelve a la sala de profesores, igualmente, resobando en el bolsillo de la chaqueta su pipa. Había dos moscas en la salita de reuniones.

EL PERFIL

Al cierre del museo, Elena ha quedado con las amigas. Como no había función de cine, y las tiendas han cerrado también, irán de vinos. Todas quieren saber de sus cosas, es decir, de sus últimas salidas y entradas con el ingeniero ese tan interesante.

—Pero chicas, ¿dónde habéis dejado a vuestras medias naranjas?

—Yo la sigo buscando —responde Nani, que es muy desenvuelta—. Pero no sé, aquí quien tiene que contar dónde la ha dejado, a lo mejor es la que yo me sé, que parece que hay novedades, ¿no?

El resto disimula. Pero Elena no, porque hace como que se molesta. Y luego afirma:

—Sí, chicas, hemos salido un par de veces más desde lo del bar —Elena, por supuesto, se guarda los secretos más íntimos—, pero aún no me ha pedido salir.

—Pues pídeselo tú —añade Nani.

—Sí, tíos como ese no hay que dejarlos escapar..., ¿te gusta?

Elena se hace de rogar, y hace esperar.

—Sí, la verdad es que me gusta. Es simpático y amable...

—Vamos, está buenísimo —interrumpe Nani.

Si, quizás..., pero —duda, duda un instante— bueno, en realidad me gustaría conocerlo más despacio.

Inés, que sabe, o mejor, sospecha lo de Luis:

—Pero parece un poquito mayor ¿verdad?

—La verdad, no lo sé, ni se lo voy a preguntar —responde algo molesta Elena.

—Vamos, Inés, ni que fuese una niña. ¿Qué puede tener, treinta y muchos?

—No, si no lo digo por la edad, vamos a ver, sino por la vida. Que vete tú a saber. Porque referencias, referencias hay pocas.

—Anda, ya está aquí la madre...

—Pues mirad —dice Elena ya más animada mostrando su celular— este es su perfil. Parece un tipo serio, y a la vez, divertido...

—Ingeniero. ¡Y es deportista!

Los vinillos reúnen de semana en semana a las amigas. Porque nunca hay cine, porque no les gustan las tiendas de esta ciudad. Cada vez se hace más difícil este tipo de reuniones, que también sirven para echar en falta a las casadas, y por supuesto, para ponerles faltas. Para ponerse al día sobre los respectivos desvelos, sobre las ilusiones y trabajos, vis a vis.

—¿Te renovarán en el museo? ¿Sabes algo?

—Pues sí. Parece que sí, me prolongarán el contrato. Acabo de montar una nueva exposición, por cierto. Teníais que ver que tipa más desagradable e impertinente: que si la luz, que si el horario, que si el díptico de presentación... todo pegas. La verdad es que los vinos me van a venir de buten. No hay quien entienda a los artistas —envía el mensaje.

—Y esta de qué va.

—Poesía visual. No sé, conceptual —dejando el móvil.

—¿En la línea de Serna? —pregunta Nani que está muy interesada en las nuevas corrientes, porque es aficionada a la fotografía.

—No, ni mucho menos. Es discípula de Pepe Buitrago. Otro conceptual de por aquí.

Mari, que pasa de las cosas de culturetas, reconduce la situación:

—¿A que no sabéis quién estuvo en la tienda el otro día? —todas expectantes, esperan, beben, juegan distraídas con algún palillo—. Pues a Mar. Ha venido de Madrid, es posible que se instale para vivir aquí, en casa de sus padres —entonces muestran interés y alguna exclama con alegría—. Ya sabéis que se separó ¿verdad?

—Oye, podríamos decirle algo.

—No sé, que llame ella.

A la puerta del bar asoma un perfil reconocido. Responde con su presencia física al mensaje de ella. Ramón viene dispuesto a pasar la dura prueba, al menos así lo vive él, de conocer a las amigas de Elena.

Reconciliados poetas

Alonso ha visitado a Cristino. Con eso de la excusa de la nueva exposición y de lo interesante que puede resultar, el joven se ha abierto y ha accedido a la visita.

Alonso fue advertido por Fausti. Introducido por Fausti en la sala del ogro. Así que llegó a los aledaños del joven con precaución, con mucha cautela y a la defensiva. Fausti también había advertido a su hijo de que Alonso quería verlo, no fuese a pasar lo que la última vez. Cristino estaba dispuesto a soportar lo insoportable, pero cuando Alonso se lo dijo, cambió su actitud, síntoma preclaro no solo de que se abría, sino de que había mucho de rebeldía adolescente en su actitud.

—Creo que se titula, puedes mirarlo en tu tableta, "La imagen de la poesía". De inmediato, cuando lo leí por azar, pensé en ti. Podríamos ir a verla. Comentan que el montaje es sorprendente.

—Bueno —Cristino rebuscaba abstraído en su aparato—, podemos ir, sí. Estoy buscando a ver..., sí, aquí.

Cristino despareció de nuevo, sumido en el texto, sumido en las imágenes, dando por imposible que aquella obra pudiera estar a quinientos metros escasos de su casa. Quinientos metros que eran como una aventura, como un *sisífeo* acontecer. Un acontecer en el que quedaría registrada la propia intervención del público, mediante un algoritmo que traducía las impresiones del visitante a formas espaciotemporales.

—La inauguraron ayer. Pero a día de hoy todavía no ha aparecido nada en prensa.

—En la prensa que tú lees, Alonso, la que lees tú que de estas cosas ni se enteran o le traen al fresco. Ya tengo aquí cuatro referencias. Y ya he visto casi toda la obra, mira —y le alarga el iPad—. Ya conocía a la autora, por una obra que tomaba el espacio, la noche estrellada, la luz y la oscuridad como referentes de lo que ocurría en la realidad de un pueblo... *Sinergias* creo que se llamaba la instalación —la cara de Cristino resplandece, se le ve ilusionado—. Es interesante, pero le falta, para mi gusto, eso, más palabra, la palabra. Demasiado visual quizás.

A Alonso le llama mucho la atención que el joven divague sobre algo tan vago. Que aboque a lo moderno estando rodeado de lo antiguo. Y piensa que él mismo es una de esas antiguallas que rodean al muchacho. Por su parte el muchacho se ilusiona aún más pensando que con su palabra acrecerá el universo de imágenes de la obra de Beatriz Castela.

—Pues nada. Vamos a ello, ahora. Por la mañana seguro que no hay apretura ninguna en el museo. Fijo que estaremos solos.

—Pero, no puedo... —lo dice con pesar—, tengo que asearme, mi madre se marcha en breve, y ¿cómo llegaremos?

—No sé. Pero cuanto antes mejor. Si vamos mañana será para rebatirnos las ideas tú y yo, lo que quiere decir que estaremos hoy viéndola..., así que —vuelve a ser Alonso ese hombre profesoral que sabe mover las sensibilidades— haremos lo siguiente: tú te esfuerzas por asearte, solito, tu madre ya ha dejado las cosas preparadas. Y luego, yo empujo la silla, y tú me sujetas con solo tu energía potencial, ah, y llevas mi bastón. Ya verás como mis piernas aún se bastan.

—¿Y para bajar las escaleras? ¿Y la calle? —se adivina el temor, la duda en el chaval—. Lo mejor será esperar...

—No, en diez minutos vendrá mi vecino Gustavo, ha llegado con sus hijos de Madrid. Será fácil, muy fácil, y disfrutaremos, claro que disfrutaremos. Además, un pajarito me ha dicho que la autora estará allí esta mañana.

La exposición

Cristino está en la sala, entusiasmado. Cuando quiere avanzar menea su tronco como empujando la silla hacia adelante. Alonso lo conduce, lo acerca, lo aleja. En efecto, están solos. Bueno, no, que también los acompaña Beatriz, la autora:

—Es realmente gratificante encontrar alguien que siga tu trabajo, y en especial alguien tan joven como tú, Cristino...

—Y como yo —interrumpe Alonso.

—Y como tú, Alonso —sonríe la artista—. Creo que esta serie de *Spectrum* es la que más te puede interesar —toca el hombro de Cristino con cariño y cercanía—. Como podéis ver, he tratado de reducir al máximo la imagen, explorar los límites de su constitución, tensar su naturaleza de imagen.

—Esto me recuerda a algunos trabajos que realicé hace unos meses, digitales por completo, en que —Cristino continúa entusiasmado— pretendía explorar esos límites y descubría, claro que mi perspectiva es más la del poeta, que la ausencia de imagen, la minimalización de la imagen, conlleva el uso de la imaginación.

—Es posible. Sí, algo así se dice aquí.

Alonso se siente abrumado por las altas dosis de modernidad que llueven sobre él, y recuenta las palabras: "minimalización", "digitalizado", "holofotográfico", "intersubjetivo", "interactuación"..., sin duda que "me estoy poniendo las pilas" —piensa y ríe de sí—. "No, me las ponen... así es la vida... antaño por unas cosas y hoy por otras". Pero no está de acuerdo con eso de que el trabajo expuesto pretenda estimular la imaginación, más bien le parece lo contrario... "quizás si no hubiese movimiento...". Y acto seguido se da cuenta de que algo está cambiando desde su convalecencia, algo está cambiando en su interior: transige con las gentes, con los tiempos, la modernidad y con los neologismos. Al menos, a Cristino se lo ve alegre.

En las mismas alturas

Han terminado de ascender la agotadora sucesión de escaleras. Han ido de la mano. En una revuelta, Ramón le ha dado un beso. Ella está contenta. Sabe que la experiencia le va a gustar, le va a gustar, más sin duda que el montaje de la exposición conceptual que acaban de visitar abajo. "Es un hombre que tira más para la naturaleza..., aunque ha mostrado interés por los hologramas, claro, es un tecnólogo" —piensa Elena.

Saluda a ambos un día luminoso, calmo, claro, espectacular. Los vencejos alborotan los cielos a la altura de sus ojos, y más arriba aún, realizan ejercicios malabares, acrobacias y regates. "Son un desafío a lo previsible"

—piensa Ramón— cuando suelta la mano de Elena y se asoma al horizonte.

—¿A que es espectacular? —pregunta Elena.

—Sin duda que lo es... —se hace el interesante—, pero ¿y si te digo que ya he estado aquí antes? Uy, no te pongas seria, que no fue con ninguna chica.

—¿Cómo? —es como si la sorpresa se hubiese escapado, venido abajo—, ¿Y eso?

—En verdad acompañé al hombrecillo de que te hablé, Alonso...

—Pues claro —interrumpe—, ahora sé quién es... Claro, el poeta. Alonso, Alonso Austero. Sí —ante el rostro de extrañeza de Ramón—, si, hombre, es un poeta con cierto renombre por aquí, luego lo buscas en Internet...

El día nada tiene que ver con aquella otra vez. Se adivina la hermosura rotunda de la lejanía, recién regada la tierra en los últimos días, brillante, lustrosa en los verdes y marrones. El límite preciso del horizonte como una línea, recta, hermosa trazada de la matemática. Las montañitas limítrofes con su añil cárdeno, rasgaduras en el plano y tránsitos del cielo. La ciudad-pueblo reluciente también, dividida entre luces y sombras, texturas hoy extensas y desgarradas. Y allá otros pueblecitos, iluminados, bien definidos de casas amontonadas y recogidas, hechos cosa, unidad de distinguibles notas. Algunos sobre disimuladas lomas, otros anclados en la planicie, conforman nudos en la red extensa. Elena también contempla esa lejanía y se acerca a Ramón para cobijarse. Elena es pura temperie. Se siente en cuanto la envuelve, la envuelve su propio sentimiento. Ahora busca el cobijo del pecho de Ramón, un amparo, un resguardo. Ramón distingue allá, hoy sí, el lugar de sus desvelos laborales, el espacio dedicado a su intervención sobre el territorio, que es, también, en cierto modo, la realización de una obra de arte.

—Ves allí. Aquel brillo, como un extenso espejo plateado y negruzco, son los campos de placas solares. Es como el futuro que nace, que convivirá con los verdes, de las olivas y de las viñas y de los pistachos, arbusto de futuro, ejemplo de fotosíntesis humana. Traerán progreso a esta tierra, no cabe duda..., son como esos hologramas, envuelven una realidad.

—¿Es donde tú trabajas? Vendré todas las mañanas para hacerte señales con un espejito. Podríamos diseñar un código, un código secreto, para ti y para mí solo.

—¿Esos códigos de enamorados que nunca dan resultado y que casi siempre terminan en fracaso?

—Salvarán nuestras distancias, como Leandro el animoso, pero sin correr riesgos...

Elena deposita un beso en la mejilla de Ramón, que sigue embriagado por las lejanías y por el llano. Recuerda las inmisericordes reflexiones de Alonso, y ahora las comprende. El llano, el llano está abierto, es cándido, es un abrazo, es amor... ahí está su mal, se olvida a sí mismo..., surco abierto en el que solo cabe querer sembrar..., por eso hablaba el viejo de rincones y de segadores..., por eso.

—Por cierto… ¿quién es ese Leandro? —pregunta Ramón.

JUGANDO

Viéndola jugar así, tan feliz, el mundo gira en redondo. "Va a ser verdad eso de que estamos atemperados —piensa Alonso— y la lectura es fácil, porque en realidad cambiamos el mundo porque nos cambiamos, y nos cambiamos a nosotros mismos solo cuando conseguimos, en cierto modo, cambiar el mundo".

Isabel vuelve a saltar y a correr. Está entusiasmada con la vieja cámara de video que su hermano le ha regalado.

No aparta los ojos del pequeño visor, a través del cual mira ahora el mundo, y lo transforma.

—Vamos, Alonso, sonríe, que eres uno de los protagonistas y te voy a hacer una toma en el paisaje. Así, eso..., ahora me acerco, es que está muy bonito el parque...

A Alonso le da no sé qué saber que quedará ahí grabado, indeleble para la eternidad. Expuesto a miradas indiscretas, un tanto postizo, enajenado. Para Isabel es un juego frugal, se autograba, y toma a Otto olisqueando la lavanda, la tierra, los troncos de las acacias, la lente, sus manos; remoloneando en torno de Alonso. Luego hace otras tomas del viejo, por detrás, desde arriba, aprovechando que está sentado, mientras lee, de frente, desde abajo. Se siente directora de cine, ganadora de óscares.

—Cámara, acción... vamos Otto, corre. ¡Muy buena toma!

Y repasa lo grabado. Le gusta. Ella sabe que luego podrá, en el ordenador, montar su película, para la que aún no tiene título, pero que será maravillosa. Se trata de la historia de una niña y su perro que buscan la felicidad. Pero la felicidad ha sido secuestrada por el malvado profesor, que la necesita para hacer experimentos con su cerebro y encontrar el antídoto contra la alegría que aligera la vida con sus risas. En sus aventuras cuenta con la ayuda de Iván y de un anciano muy sabio que ya en el pasado luchó contra el mal, pero que el pobre está muy molido.

—Ahora tienes que mover tu bastón —y Alonso accede—. Y ahora avanzas rápido, como buscando detrás de los setos —y avanza rápido y hace como que se esconde—. Y ahora te agachas porque has encontrado una pista muy interesante, es un trozo de vestido de Felicidad, pues el profesor le ha quitado la ropa —y Alonso accede gustoso a interpretar, coge el trapo y piensa si las interpretaciones no son mas que realidades solapadas.

Alonso necesita parar. Detenerse. Está aturdido y, a pesar de contento, un poco confuso. "Jesús, qué paciencia".

—Ten cuidado o tu hermano se enfadará. Yo creo que puedes dejar ya la cámara. Explorar con Otto…

—No, porque mi hermano me la ha dado para siempre. Él tiene ahora una muy buena, es que quiere hacer unas obras de arte muy interesantes con la luz, y yo le ayudo. Y luego las veo en el ordenador que le han dejado. Y esto lo vamos a ver también.

—Bueno, pero los actores tienen que descansar un poco, ¿no crees?

—Sí —piensa un ratito y dirigiéndose a todos—: a ver, unos minutos de descanso, luego iniciamos el rodaje.

El entusiasmo por la tecnología producía aversión en Alonso hasta que ha visto la ilusión de Isabel. Ahora no sabe lo que piensa al respecto. Entonces ha entendido que, a lo peor, no hay salvedad para esta tierra sin esa tecnología. Que no merece la pena estar mirando de continuo lo que no se ha tenido y lo que se ha perdido, y que solo merece la pena luchar por conservar lo que aún vive y sonríe, lo que permanece, aunque oculto a veces, y que, para ello, no queda otra que grabar, es decir, que contar con la modernidad. "En efecto, va a ser que esta es la única manera de conservar, de conservarse, solo se puede conservar con el sino de los tiempos, y en el sino de los tiempos".

—Preparados…, que empieza el rodaje —grita Isabel entusiasmada.

Tríptico de la red social

Nani apenas podía dar crédito a lo que veían sus ojos. No podía siquiera intuir qué había llevado a Elena a publicar aquellas imágenes. Antes incluso de llamarla, cosa de la que tenía que hablarle sin mucha dilación, había decidido hablar con María e Inés. Mari no sabía nada, o eso decía. Inés las ha visto y siente mucha vergüenza, propia y ajena: "no sé cómo se ha atrevido a publicar algo así" —le ha dicho a Nani no sin cierto enfado—, no sé, me parece que está entre no darse cuenta de las consecuencias y creérselo mucho, ¿no te parece? Siempre será una niña, una niña caprichosa".

Nani no ha podido esperar más y la ha llamado desde el trabajo. Le ha impactado terriblemente el hecho de que Elena no sepa nada de esas publicaciones.

—Pues chica, son publicaciones tuyas. Esta mañana, en concreto a las siete y cinco minutos.

—Oye, Nani, tú sabes que yo soy incapaz de hacer eso. Y, además, ¿yo, tan temprano? Son terribles, las veo ahora... Y me temo que sé qué son, y quién las hizo —entre la angustia y el llanto, Elena se ha quedado suspensa.

—Pues no hay otra, tenemos que denunciar. Haz lo posible porque las imágenes se reporten, aunque me temo que ya es tarde. Voy para tu casa.

Luis vuelve a recrearse en esos desnudos que son del mismo desnudo. Con crueldad delincuente piensa dos cosas. La primera, que las fotografías son buenas, francamente buenas, lo que pone un matiz estético en su delito. Delito, ¿qué delito? ¡Venganza! La segunda, que ahora veremos qué pasa, porque cuando uno tiene todo perdido, nada más queda ver qué es lo que pierden los demás.

Y en verdad que son buenas las fotografías. Porque es hermoso el objeto o el sujeto fotografiado, muy hermoso, carne deseable embarcada en un blanquísimo envoltorio. La luz de luna resbala azulada sobre la piel, iluminando la rotunda curvatura de las caderas, las recogidas, largas, tersas piernas, la rugosa textura de los piececitos, dejando ensombrecidos los brazos delgados e inertes, unidos a unos hombros jugosos y redondeados. Los pechos firmes, en claroscuro, coronados por un amplio pezón que se escapa de la oscuridad, el rostro con los ojos cerrados de enormes pestañas, los labios sensuales, la nariz recoleta, un mechón de pelo, extrema negrura resguardando la frente, cae candoroso en rizos sobre el cuello esbelto y blanco. Todo en cinco magníficas instantáneas, obras de arte, en las que lo curioso es, no tanto la belleza, como la presencia latente del anónimo fotógrafo que la disfrutó.

¿Qué derecho tenía él a guardar solo para sí este don de la eternidad? Un simple gesto le valía para compartirlo. Luego, luego que viniese lo que tuviese que venir. Él se conformaba nada más con el dolor de ella, y a ser posible, con el de él, el contrincante.

Cuando, casi por azar, una de las imágenes llegó a Ramón, pasó de largo, como si no fuese cosa de su incumbencia. Pero volvió sobre ella cuando la conciencia la asoció con una determinada foto de perfil. Era un mensaje de Elena. Bueno, no. Era Elena misma. Elena desnuda, Elena desnudada. Era un cuerpo, el cuerpo cuyos secretos y rincones aún él no había explorado. Su cuerpo. En una perspectiva que habría soñado, pero no vivido. Un cuerpo que venía en forma de pesadilla, de puñal de angustia que le punzó el estómago. El casco que amarraba bajo la axila cayó y rodó por la pendiente del camino. Los operarios lo miraban con extrañeza y preocupación. Pero el ingeniero seguía embebido en su móvil, pasando imágenes fruitivas y deseando que no fuesen verdad. Repasó una y otra vez el origen, leyó por encima los comentarios, buscaba una imposibilidad, la certificación de que se había equivocado en la asociación de imágenes. Pero no, todo era como la conciencia le había dicho. Todo era como no quería que fuese. Allí los me gusta, allí los emoticonos, los licenciosos comentarios. Allí el silencio de Elena. Y allí, claro, quien tomara la imagen. No sabía si llamar o no. Guardó su móvil, Buscó su casco. Cuando levantó la cabeza vio que todos estaban pendientes de él. Otro vuelco le dio en el corazón, que se aceleró y enrabietó irremisiblemente. Anduvo los cincuenta metros que le separaban de la caseta, abrió la puerta y entró dentro comido por la angustia, espoleado por la vergüenza, sin poder disimular el dolor. Afuera, la conversación empezó de nuevo. Era la hora del almuerzo.

Al poco sonaron unos golpes en la puerta. Rafa, el capataz, venía a interesarse.

—¿Le pasa algo, don Ramón?

—No, nada, nada que no tenga fácil solución, Rafael.

A Rafael no se le escapó la huella del llanto en aquel rostro.

TRES

Humo

Se prolongaban los días, se prolongaba la luz, días y noches se vestían de un calor inusual. Ramón vivía en la esperanza del verano. La evocación del verano le ayudaba a sobrellevar la angustia, a contemporizar los desvelos, a mitigar la soledad, el aislamiento. Ramón se desvanece en humos. Por supuesto que ha pensado en los ojos negros y por un momento la huida ha abandonado su mente. Junio apunta alegre y cantarín, sin el imperio del bochorno, con noches que son frescas, con el fragor de los aviones y vencejos en el cielo. No suele abrir el balcón, porque cuando lo abre, solo ve amor, huele y escucha amor. Amor en los aromas que transporta la brisa. Amor en el frescor irritante de los lejanos campos. Amor en los empedrados muros de la vieja iglesia. En el chisporroteo de las golondrinas, de los grillos. Amor incluso en la luz de la fría luna, de las farolas y de las estrellas. Y luego pasa del amor al ensimismamiento más íntimo, y de ahí al humo, y del humo al relámpago de nausea. Y de ahí a los momentos vividos.

"No. Quiero huir del amor. Es verdad, de continuo lo estoy huyendo. Y no. Es que no quiero huir el amor. No es el verano otra cosa que la excusa de la huida. Miedo de amor y ansia de amar: mala síntesis. Olvido, quiero el olvido... ¿Podré olvidar?".

Pero abre el balcón. Abre el balcón porque ha vuelto a fumar, y de su azul vestimenta extrae la cajetilla de tabaco con que fabricar humos. El cigarrillo se convierte en olvido. Allá van los círculos. Algunas miradas a la noche, de soslayo, disimuladamente, con miedo. El balcón continúa abierto, se cuela con la brisa el olor de los campos segados. A Ramón le recuerda la humedad pajiza de las playas en el ocaso. El surtidor de la fuente canta la soledad de la noche, y en el humo, en los mágicos círculos, se dibujan hoy los ojos negros del miedo. El ingeniero siente el pánico de amor, el irracional pánico a sí mismo, el pánico de amar lo que tal vez no se debe ni se puede amar. Pero el humo, el humo, fabrica hoy deseos. Brillan los círculos como ojos de amante. Cierra los suyos y cierra el balcón con brusquedad de niño temeroso. La habitación se caldea. En la cama acomoda un cojín en el que descansa el cuello. Suena Bruce Springsteen. Es cisne, Ramón es cisne de congojas. Pero vuela el verano a su mente y se acrece su corazón, palpita más si cabe que cuando contempla los círculos de humo. Son las ansias de su vitalidad.

"Verano, mágico amigo. ¿Huida? No, entrega, esfuerzo, mundo en derredor. Vida, trasiego y sudor. De vez en cuando, no hacer nada. Yo y el mundo. El mundo todo en torno mío. ¿Ojos? ¿Y qué son los ojos en el infinito del verano? Simple carne".

En el humo se va el relámpago de angustia. Afuera: tormenta.

UNAS PIZZAS

¿Y cómo habría de sentirse? Apenada, sobre todo apenada. Apenada porque bien siente ahora, bien sabe ahora que está enamorada. Y rabiosa, herida, apretada de ira, porque alguien ha venido a romper su imagen, el reflejo del paraíso, la idílica imagen de su vida. Alguien la ha roto y a lo mejor para siempre. Y la mueve un infinito odio hacia ese alguien en quien alguna vez confió y al que dio más de lo que nunca debería haberle dado.

Y bloqueada, estaba bloqueada, porque Ramón no contestaba a sus mensajes, a sus llamadas, porque la había bloqueado. Querría, si pudiera, acudir a su casa y hablar, aunque fuese de rodillas, porque sabía muy bien cómo tenía que sentirse, y explicarle que todo era injustificado y que ella le quería. Y acariciarlo consoladoramente para luego descansar en su pecho y rehacerse. Esa era la única salida que veía en su vida. Pero estaba bloqueada, bloqueada porque no sabía qué determinación tomar con Luis, porque lo odiaba con todas sus fuerzas, y se odiaba a ella por un odioso pasado de inseguridades. Algo dentro le decía que tomase venganza. Y algo le decía, prudentemente, que suficiente venganza era ignorarlo. Pero no, no, porque ella deseaba verlo sufrir, suplicarle después del arrepentimiento de su determinación, de su atrevimiento, de su actitud posesiva, del hecho por el que la había degradado a objeto, un objeto que había roto. Bloqueada porque ¿a dónde iba? ¿Cómo iba a ser mirada? Se había labrado una imagen falsa, una imagen captada, una imagen... insufrible. La imagen de una cosa, un uso para... uso, el uso que se pueda hacer con una cosa rota.

No se atrevía a salir. No había ido al trabajo. Solo Nani la acompañaba. Iba, venía. "No te vendrá bien quedarte aquí. Tienes que desenvolverte, rebelarte. Y si el otro no está para lo malo, es que no está, créeme. Olvida, olvida todo. Aquí no ha pasado nada". Ella la tenía al corriente de las diligencias ante la Guardia Civil. La había acompañado a interponer la denuncia. Le había resuelto previamente los trámites con la Agencia de Protección de Datos, que habían sido inmediatos y exitosos. Nani, la pobre Nani. ¿Y pensar que siempre estuvo enamorada de ese indeseable? "Ahora hemos descubierto quién es —le dijo—, un *manejante*, una serpiente, un retrógrado".

—No, es verdad que el intríngulis del caso es que se sabe que todo salió de tu móvil.

—Pero también es evidente que no fui yo, que yo no podía ser.

—Sí, pero eso no puede convencer a la poli. No es argumento. Con o sin tu consentimiento no se puede saber el divulgador, a todos los efectos, tú eres la divulgadora.

—Pero es la verdad... ¿no podría haber duplicado mi tarjeta y estar esperando pacientemente a poner en circulación?

—Supongo que no lo han descartado. Acuérdate, en un momento se habló del SIM swapping..., pero tendrían que ver indicios suficientes para investigar sus dispositivos —se contuvo—. Desde luego, ahora doy pábulo a ciertos comentarios y chismorreos.

Elena se había sonrojado. El comentario de los comentarios y chismorreos le dio que pensar. Algo le había enseñado Luis en su móvil hace tiempo, que le había causado repulsa, algo sucio, algo feo que, ahora, la obligaba a avergonzarse también. ¿Qué era, un injustificable silencio por su parte, o una extraña candidez acompañada de una ciega confianza? Ella había visto unas imágenes de niños desnudos jugando a cosas de mayores...

No dijo nada. Y Nani puso las pizzas en el horno.

Verano

Otro relámpago ilumina la plaza. Es un chispazo insonoro. Trueno áspero, ronco. Amenaza de lluvia. A la luz de las farolas está más brillante la calle, tiene cierto aurea, aunque se la ve más sedienta. Hoy ha hecho un calor sofocante. Ya lo tiene aquí, esto es el verano: tormenta.

"Atrapadísimo. Atrapado por esta red invisible. Las circunstancias me reducen a la condición de espectador.

Dichoso balcón. Me paso el día pegado a sus cristales".

El trabajo ha llegado por fin a su último estertor, la planta solar está ya en producción de vatios, muy por encima de las previsiones. La localidad se aprovecha de parte de esa energía. La empresa gastará sus imposiciones medioambientales en la rehabilitación de la cañada, y en la delimitación de un paraje arqueológico con vistas a la investigación en el futuro. Ramón —como si el trabajo fuera a redimirle— colabora, tenaz, con la chica de Patrimonio y la encargada del Ayuntamiento. Ellas son el pequeño desliz que le alegra los viernes. En cierto modo está orgulloso de lo logrado. Piensa también en la satisfacción que podrá sentir el señor Alonso, al que no obstante lleva tiempo sin ver. "Esas farolas, esas farolas están conectadas al campo, son parte del campo, como el aceite, como el vino, como la leche y el queso". Pasaba en su móvil las imágenes con absoluto desdén. El dedo índice ligero y menesteroso a un tiempo, empujando hacia la nada las extrañas vivencias, las ajenas ilusiones, los pormenores, imprecisos desvelos, las muchas mentiras y el exceso de egolatría farisaica y recalcitrante de estos tiempos. Imágenes, imaginaciones, magia, magos, Magos de la imagen. Hechizos, hechizados. Trucos. Engaños. Falsedades acompañadas de palabras, falsas palabras acompañadas de verdaderas imágenes. Incongruencias entre imágenes y palabras. Divorcio, ruptura buscada de la lógica y de la imaginación. Rara, rara sensibilidad. Y de pronto ella. Ella, ella ahí sonriendo, en la clausura de una exposición. Bella sin duda. Hermosa. Cruel. Ella. El corazón de Ramón se desboca, se agita. Y mira, observa, agranda la imagen. Quiere ver huellas, signos. Entra en la página, bucea en otras imágenes... nada. Lee entre líneas, detenidamente. Y se siente como un voyeur, un alma que busca su perdición, un espía de la verdad. Se adivina en una persecución de la fatalidad, del mal..., y se pregunta "¿el mal?, ¿por qué el mal? Sencillamente —se responde— porque me estoy buscando en ella. Quiero ver si estoy en ella. Pero todo es disimulo.

Otro relámpago. La luz del flexo enmudece y acto seguido el trueno, ronco, áspero. Está prácticamente encima. Está dentro: "Si al menos tuviéramos la capacidad de alimentarnos de estos rayos, si pudiéramos absorber toda su energía...". Caliente y húmedo el aire penetra en la habitación. De nuevo se ha iluminado la iglesia. Por un momento le pareció un espectro. Juraría Ramón que ha visto la sonrisa congelada de una de las estatuas de piedra. Luego el miedo y un frío intenso en la piel, el mismo frío que sintió cuando unos besos le robaron la vida. El ingeniero espera de nuevo el fogonazo de las sonrisas pétreas, quiere más realidad espectral, le gustaría vivir de los espectros. ¡Cuánto le gustan las noches de tormenta en que se invoca a los viejos fantasmas! Purgan. Pero no, no hay más relámpagos. Ni truenos. Ni espectros. Las tormentas son así de caprichosas. Cesa el sonido de la lluvia. No hay estrellas. "Por un momento he creído ver mi propio fantasma saludando. Son cosas que pasan en noches así. Será porque el único tormento lo llevo aquí dentro...". Y sin quererlo, señala el corazón.

EL ESPEJO

En verdad que ya no sabría decir si la ama. Bueno sí, la ama con sus únicas fuerzas y es que no hay fuerza más grande que amar.

Luis ha salido del colegio y pasea calle arriba, calle abajo, solo, muy solo. La pipa vacía en la mano. Le falta la alegría contumaz de los niños correteando. Los corros de madres, padres y abuelos. La prisa por irse a comer. El horario de verano pone un punto de tristeza, de vaciedad, de silencio en el mediodía. Por un momento no sabe si echarse una cervecita o un vino bien pálido y bien frío. O dos. Para nada le ha gustado la insolencia de la Benemérita. Le ha quedado un mal regusto. Lento, pesaroso, calibra como un error el frugal gesto con el que precipitó lo desconocido, es decir, con el que precipitó la realidad. Era la rabia, era el despecho. "Una insolente, una jovencita sabelotodo cargada de ira feminista y con uniforme. Una guardia de los prejuicios, ¿qué sabrá la tal? Pero tú has fallado, vaya si has fallado. Y encima, que si quería colaborar ofreciendo mi dispositivo para un análisis con vistas a aclarar lo sucedido. ¡Váyanse a la mierda!".

Ahora, desandando caminos, observando rincones, paseando los ojos por cada signo, por cada huella, le duele su ausencia. Le duele que Elena sigue y seguirá siendo ausencia, y le duele el enorme vacío que le ha dejado, y al irse, haberse llevado todo y haberlo dejado a él como el ámbito que ahora contempla, un vacío. "¿Y por qué estás vacío, estúpido? Pues estás vacío simple y llanamente porque nunca paseaste con ella, porque en la calle, en la vida pública, nunca paseasteis juntos, nunca os disteis la mano, nunca os besasteis. Ni paseó contigo, ni te dio la mano, ni te dio un beso. No dejó ni huella, ni signo. Lo vuestro nunca existió".

Hay un segundo vino, y se nota zozobrar un poquito; la falta de costumbre. "Anda Luis, pasea, medita... Aunque hay demasiada luz, mucho sol, calor, poca sombra y demasiado para pensar. Y ya se sabe, a la sombra se ve todo más claro. Será mejor tomar otro vino". Pero estaba claro, tarde o temprano había que salir, andar y meditar, aunque fuera sin sombra, porque de alguna manera habrá que llegar a casa. Qué cerca están las vacaciones.

En su destemple, en la intemperie, una intemperie muy habitable, no se sabe bien por qué Luis toma la dirección de la casa de Elena. Anda por la soledad de las calles como si ella fuese de un momento a otro a doblar cualquier esquina. Se contempla un tanto menesteroso y vencido en los espejos de los escaparates y en todos los vidrios que van marcando el sentido y la dirección. Nota un extraño bochorno, una como ansiedad. Por un momento piensa que tal vez debería pedir perdón, confesar que se había equivocado. Es como si la ausencia de Elena se hubiese convertido en pánico de vida. Por un momento siente vergüenza de ser vislumbrado, porque se ha visto roto, vencido, humillado, humillado por sí mismo, y su aspecto no es el del hombre que quería ser. En un determinado momento se detiene frente a un escaparate y se observa: nada, sucesión infinita de imágenes, como palpar algo inasible, como ver lo invisible. Luis no se conoce, no quiere reconocerse y le insiste al espejo. Y el espejo le escupe, le devuelve los errores, los muchos errores, esos errores que había querido ocultar tras la fachada del hombre blanqueado e imperturbable.

—Así es la vida en ausencia de Elena —le dice al reflejo, ¿o al original?

Construcción

Es verdad que hace calor, mucho calor. Es un nuevo añadido. Brilla el sol, brilla mucho. Eso quiere decir que hay un mundo exterior. A este mundo exterior hay que atemperarse, no queda otra. Al final uno se acostumbra. Y si hay un mundo exterior, es porque existe también un mundo interior. Este tiene una ventaja sobre aquel, y es que no hay que acostumbrarse a él. Si bien mirado, también hay que atemperarlo; en este caso es hacer por adaptarle el mundo. Pero es que existe además otro mundo, del que Cristino se ha percatado ahora, a pesar de haber estado coqueteando con él muchos años. Bueno, se ha dado cuenta de que cada mundo va por su lado, y son tres, sí, y al mismo tiempo son el mismo. Vale, pues el tercero de los mundos es el virtual. Del primero, antes solo tenía la imagen de lo que veía por la ventana: unas grandes portadas y el cancerbero. Alguna que otra visita de Alonso, mamá e Isa atosigándolo. Del segundo aún le quedan las huellas de ese intento vegetalista. Vida vegetal. Es ahora el tercero el que se lo está comiendo, no vive sino para la creación. Pero se ha dado cuenta de que la creación es eso, acrecentar el mundo. Para ello, hay que pasar primero por una fase virtual, y luego convertirla en real, una realidad que antes no existía y en la que él ha contribuido personalmente poniendo sus genes.

Desde luego se lo ve mucho más animado. Transige con salir a la calle. Se muestra y se siente hacendoso, y hasta le molesta que quieran facilitarle la vida. Asume sus limitaciones y sus responsabilidades con energía, sin miedos, sin querer echarse atrás. Todos los días Alonso e Isabel lo llevan a la fisioterapeuta, Martina, con quien desmenuza largos coloquios espirituales en tanto hace sufrir a su cuerpo. Porque a Martina le gusta mucho filosofar, y tienen una hora larga para hablar largamente de arte, de literatura, de medio ambiente o de chismorreos de sociedad, que es una suerte de filosofía del común. Es curioso, pero Cristino está descubriendo la vida, esa cosa que un 6 de mayo se dejó en una cuneta siendo adolescente.

Isabel contempla a su hermano y le lanza sonrisas de inocencia. Cristino se las devuelve, se las devuelve todas. Cristino le enseña los dibujos, composiciones y fotomontajes, sus poemas. Se los explica y además le cuenta sus inquietudes: salir a la calle para realizar unas fotografías, realizar unos vídeos de perspectivas inusitadas, inmiscuir palabras y poemas en los montajes. Le gustaría hacer holografías, pero exigen demasiado, y Cristino no está en condiciones de montarse un taller, ni Fausti accederá.

"Ya está aquí el calor de las moscas, que a ver quién lo aguanta y quién las aguanta. Habrá que cobijarse en el interior de los sueños, en las trascendencias. Pero sobre todo en la construcción, que son estos unos tiempos de demasiada deconstrucción y de exceso de barbarismos y de bárbaros, de muchas moscas. Que digo yo, que vale ya de destruir, lo importante es abrir nuevos horizontes, porque a ver, ¿quién puede gozar descomponiendo, minimizando, abstrayendo". Desde luego Cristino sueña, sueña con montar una exposición, su propia exposición, la muestra de su obra. Trascender lo que se ha heredado, lo que se tiene a la vista y, sobre todo, lo que hay que echar al estercolero. Hay que construir una realidad satisfactoria, alejada de hipocresías y de sofísticas, una realidad cercana y profunda, sin tonterías, donde la gente pueda ver qué es lo realmente importante, sin tener que desmontar el puzle, que a algunos parece que les luce. Y se pregunta Cristino: "¿y qué es lo realmente importante? Ahí está el quid" —se responde. Eso sí, lo importante no puede ser lo *mínimamente* importante; habrá que hacerlo, tal cual ahora se hace lo poco o nada importante. ¿Se confundirán ambos?

HUIDA

Estuvo esperando a que llegase el verano. Estuvo esperando al astro sol. Apolo, porque ahora se sentía él algo más apolíneo. Estuvo esperando sediento a que crujiesen los vientres de las piedras y a que ardiesen las fachadas. Esperando al reverberar de los espejos en los huertos solares, generadores de espejismos. Esperando el no va más de su producción. Esperando. Con un punto de esperanza, eso sí, pues, perdida la esperanza de la espera se convenció de que lo que esperaba eran las vacaciones. Así que las adelantó.

Tiró el paquete de tabaco —llevaba ya una semana olvidado en la mesa de estudio— a la papelera. Se aseguró de que los informes relativos a la producción estuviesen en la nube, así como la documentación sobre posibles demandas. Los compartió. Recogió el ordenador y guardó los planos (la dichosa manía de desplegar los de papel también sobre la mesa). Todo bien claro, bien precisado, bien sujeto, por si hubiese algún problema durante su ausencia. Estaba nervioso, inquieto, pero contento. Entre otras cosas su trabajo ya había terminado allí, y quedaba muy poco por hacer. Así es que antes de ultimar, y antes de finiquitar, lo suyo era ir haciendo la maleta. Se merecía las dos cosas, el descanso y la huida. Bueno, la verdad es que también se merecía una esperanza, pero esa, claro, podía esperar.

Con el sudor se notaba Ramón más y mejor la libertad. Había recuperado la bicicleta, las rutas por los campos, plurales y advenedizos caminos que, como una red de historia se extendían por el paisaje. El perderse a propósito, la búsqueda del laberinto. Ora los oteros, ora los llanos, ora las sierras. O lo que es igual, ahora la sorpresa mesozoica, ahora el aburrido y noble llano sedimentario, los abanicos aluviales, ricos en modesta flora. Los cauces secos, los ojos cegados, las tablas desentabladas. Ahora las sierras cuarcíticas con su tinte rojo y gris de modernidad, alimento del liquen. Conocía ya el paisaje, como un hijo de la patria, incluso mejor. Conocía al paisanaje también: hombres rústicos y pragmáticos, ortoedros de carne y mente, a veces subterráneos y otras veces sorprendentes. Esa gente colérica de la que hablaba Cervantes. Es más, conocía su historia, y no por los libros, y no por lo mucho que aprendió de los pozos que se atrevió a delatar, ni por las enseñanzas de Azucena, sino por las ruinas, la inmensa cantidad de ruinas entre las que tenía que pedalear.

"Toca algo de libertad, algo de ese flujo indómito, de esa invitación a evadirse. Hala, la maleta de Dios. A engrosarle la panza". Sonreía, sonreía porque ni siquiera sabía a dónde se encaminaba, a dónde iría, ni qué haría. Posiblemente con la esperanza de arrancarse la esperanza, como si huir y descansar fueran a suturarle la herida, que acabaría de curar con yodo y olvido.

En tanto hacía el equipaje, a intervalos, se le escapaba al ingeniero alguna que otra miradita por entre los visillos del balcón indiscreto. El balcón que había sido durante mucho tiempo sus lentes de esperanza. Y volvía a sonreír. Adivinaba el inicio de la calle peatonal desierta, y la plaza y la vieja iglesia parroquial, abochornadas y solas. Nadie. Nada. Y pensaba la huida, la huida de todo. Aunque la pensaba de otra manera. No como huida de la vida, o de su vida, o de la vida que consiste en meditar la vida. Cosas que era lo único a que se había entregado en las últimas semanas. Lo que al parecer le movía era el hartazgo de estancia, y un hartazgo de su propio comportamiento.

De la pausa cogitativa volvía a sus maletas. Entre la ropa metía la expectativa de futuro. Tras la hornada volvía al balcón para meditarse. "Sí, y para abrir boca de huida, hoy nos iremos al monte, a la Sierra, a sudar un poquito lejos de la desidia, sobre la bicicleta. Hay que quitarse de encima estas dudas y esta náusea". Pero en su fondo, en el hondón de cada latido leía el interrogante: ¿será o no será, será o no será...?

—Verá, sí que ando algo aturdido, porque yo estaba metido en mi bombo, como si no hubiese nada destacable en torno. Me rodeaba de aquellas cosas con que gozaba: el campo, las viejas piedras, algún que otro libro, no poca poesía y la misma gente. Esa gente a la que se quiere, a la que uno se acostumbra y que es casi tan invariable como tú. Y de repente te despiertas un día y resulta que el mundo que conoces no tiene límites, que en él todo es interpretable, que cuanto se te ocurre sobre él, o sobre ti mismo, tiene naturaleza comunicable, que es comunicable de inmediato, que todos los saberes se tienen al alcance de este dedo —Alonso muestra a la joven en tono jocoserio el dedo índice, muy convencido sin darle mayor interpretación—, en fin, que uno ya no es dueño de nada, pero es que tampoco merece la pena serlo, porque atosiga, pesa. Conviene hoy en día aligerar mucho el peso. Y digo yo, de ser así, qué papel le queda a la poesía. Y mira que lo pienso, y lo pienso muy detenidamente. Estoy convencido, cada vez más, de que la poesía está obligada a ser algo puramente contemplativo. Usted se para y contempla, y ya está. Esto lo veo claro en estos aparaticos que ustedes llevan a todos sitios, en los que se zambullen, de los que esperan algo y que les absorben la atención de una manera que convendría mucho meditar a qué se debe. Parece que ya no nos conformamos con estar simplemente, que estuviésemos obligados a intervenir, o bien, a participar. Resulta que ya somos incapaces de quedarnos solos con nosotros mismos, y esto es de una terrible gravedad.

Afuera tronaba otra vez y la joven periodista miraba a los ojos de Alonso, soportando el chaparrón del discurso. "No sé yo quién dijo que el poeta era un señor muy interesante" —pensaba. Procuraba sonreír de hito en hito, y no perder el hilo. A ver qué es lo que se podía sacar. En fin, que al hombre le habían hecho un reconocimiento poético y había que mostrar cierto interés. "Otra momia intelectual que me ha caído" —volvía a pensar. Decidió intervenir:

—Sin embargo, tenemos una interesante generación de jóvenes poetisas, Elvira Sastre, Irene G Punto, con su micropoesía, o Pilar Adón. ¿Qué opinión le merecen? ¿Cómo ve la proyección de esta nueva poesía?

—Pues la verdad que no la veo, no la veo porque no la conozco. Bueno, miento, frugalmente, y la verdad, salvo algunas cosillas, no sé el porqué, pero la considero sobrevalorada.

—¡Sobrevalorada! —el trueno, fuera, tremendo, y la interlocutora, dentro, ya sin resistencia ante aquel ensayo de machismo antediluviano—, ¿y puede expresar en qué reposa, desde su punto de vista, esa sobrevaloración?

—Pues finamente hablando —el poeta se nota acechado—, en que la mayor parte de los poemas son malos, malos de solemnidad, casi, casi tan malos como los míos.

—Sin embargo, aunque usted no ha tenido el gusto de leerla, el reconocimiento oficial e internacional considera esta poesía muy meritoria y novedosa.

—Mire usted, lo primero es que no sé a qué poesía se refiere, segundo, que no creo en lo novedoso, a lo novedoso lo pongo siempre entre paréntesis. Y lo tercero, es que poetas buenos, la verdad, hay poquísimos, y la mayoría, seguro, que se mueren sin reconocimiento... contemplando —pausa de miradas cetrinas, ojos contra ojos; un relámpago—. Y en cuanto a lo meritorio, los méritos de los poetas... ¿dónde están? ¿A qué obedecen?

—¿Es posible que porque atraen al público a una disciplina esotérica —largo trueno— como es la creación poética? ¿Porque concitan a un público joven? ¿Será quizás porque dan vida, nueva vida a un arte obsoleto?

Tal vez porque mezclan, experimentan, hibridan con otras disciplinas artísticas.

—Sí, tal vez. Pero me está entrevistando a mí, que estoy, precisamente, al otro lado de la raya, es decir, allí donde la poesía sigue siendo obsolescente. O de otra manera dicho, de cuando la poesía se escribía, sobre todo, para satisfacerse a sí propio y por necesidad. La necesidad del otro si acaso.

—En fin —reconduciendo—, considera que su obra premiada está al otro lado de la raya. Es poesía obsoleta, caducada.

—En efecto.

—Pues enhorabuena, señor Austero.

EL DESCREÍDO RETRÓGRADO

"Resulta que de repente me he convertido en un moderno. Ahora soy pura vanguardia". Se lo dice a sí mismo, ya convencido, después de meditar mucho durante el paseo. Y lo piensa de nuevo sentado en su sillón, con las páginas del periódico, edición de papel, abiertas entre sus manos.

Ha descuidado bastante la barba, que se le desflora, y que se ha convertido en una selva de sabiduría, pero que le molesta al leer: *Difícilmente sabremos si nuestros poetas están preparados, quiero decir, si están preparados para el día de hoy (...) Seguimos embarcados en el tópico del poeta romántico, yo diría que pueblerino, que escribe historia del verso...*

"Y, Dios mío, cada vez que miro la prensa, tener que encontrarme con los agoreros del mañana". Rasca en la barba:

El desconocimiento de la actualidad es lo que ha premiado la obra del poeta Alonso Austero, queda así retratada no ya la sensibilidad del jurado, cuya media de edad será, si no similar, superior a la del premiado, y cuya filiación de género está bien clara. El problema es que tal sensibilidad quiera seguir imponiéndose a las jóvenes generaciones de esta tierra...

"Reconozcamos que la chica es audaz".

Alonso se sonríe. Pero sí, la verdad es que está aturdido. Y cansado. Muy cansado. No se la recortará.

"Ya lo digo, ruptura con los tiempos. Debo de ser la punta de flecha de la esperanza retrógrada. Seguro que ahora me acusan incluso de franquista. Qué le vamos a hacer, los que vamos por delante siempre seremos unos incomprendidos. Fíjate, Alonso, que siendo de los últimos de tu clase, te vas a convertir en el primero del próximo curso. Del curso caprichoso de la vida. Resulta que escribes cuatro poemas sobre la gente, y te los reconocen porque ya no hay quien escriba sobre la gente. Resulta que te hacen una entrevista para un periódico comarcal y ocurre que marcas, sin quererlo, las directrices programáticas de la nueva poesía, que sometes a crítica terrible las corrientes modernas, y que te descubres como la amenaza futura de la discriminación por sexo, género y edad. De ahora en adelante, boinas y garrotas, poesía escrita a mano, casilla y cueva, bota de vino de buen pellejo, y mucho queso, porque, aunque haya por ahí alguna poetisa que no conciba la vida sin queso y chocolate, yo no concibo la poesía sin queso manchego. Menos mal que la tirada es discreta. Y no se hable más, poque hay mucha tontería en internet, más que la que hay en el mundo. Y yo me niego a verla".

Junto a sí, tiene Alonso un vasito de buen tinto y una tapita de queso bien curado. Sabiduría sin duda del recalcitrante contumaz. La ventanita del pequeño salón se va apagando. Alonso hace poesía: observa con detenimiento cómo las cosas se mueren de vergüenza cuando se desnudan de luz. También él se siente desnudo y avergonzado.

Se ha quedado dormido. El periódico ha resbalado de sus manos. Ahora está debajo del sillón y Alonso, sentado en su escaño, sin temor.

Retrato en la hora de la siesta

Isabel, dulce, está hoy algo triste. Le empieza a vencer el aburrimiento de verano que es el mal de los pequeños espíritus inactivos. Ella no repara en el calor, pero, sin saberlo, le resulta molesto, irritante. Incluso Otto, que se ha hecho hogar de pereza, le resulta fastidioso. Le molesta que no moleste ese perro tan empalagoso.

Su hermano sale mucho ahora, tal vez demasiado, y mamá siempre está faenando, cualquier cosa que haga la molesta. También le aburre mirar la calle porque por la calle no hay nadie. Ni hay discurrir de gentes ni de cosas. Todo es monótono, todo es siesta y bostezo. ¿Qué hacer?

Se ha vuelto sobre los viejos poemas de Alonso. Ha rebuscado a ver si encuentra la cámara de fotografías. No está. Ha buscado la tableta de su hermano. Tampoco la ha encontrado. Así que saliendo por el patio hasta el viejo desván se ha refugiado en su frescor oscuro en donde contemplar las láminas de pintura que en su tiempo coleccionara Cristino y que ahora son reliquias inservibles. Otto, con esfuerzo formidable, ha seguido sus pasos con la lengua fuera y jadeante.

—Observa, Otto, esto es un Velázquez. Dice Alonso que Velázquez pintaba perros muy bonitos. Mira este. Está aburrido y descansa como tú, pero seguro que no es tan perezoso.

Otto se lamenta y mira a la niña y a la reproducción. Y se echa cansinamente sobre el suelo de cemento. Ella continúa mirando la lámina, se contempla en el espejo infantil agasajado, en la *rubiez* de la infanta. Y pasa la lámina con melancolía de otra vida, como casi suspirando.

—Mira, El Greco pintaba caras largas porque eran..., porque eran así, Otto. Hace mucho tiempo eran más feos, se lo he oído decir a Alonso también, que de eso sabe mucho. El perro ignora, apenas ha empezado a entornar los ojos.

Pasan las láminas por las manos de la niña, pasan como retratos de antaño y pasan con las frases de don Alonso y el recuerdo de su presencia divertida, cuando le enseñaba a dibujar. Es un retrato de Goya de un niño solo, de ojos tristes, muy tristes, de ojos tristes de futuro como son los del Goya pintor de niños.

—Otto, fíjate. ¡Qué solo está! Si pudiéramos traerlo aquí, al desván...

De Otto escapa un bostezo canino. El sopor de la siesta inunda la vieja habitación. Los trastos también se iluminan de pereza. Isabel mira fijamente la reproducción del retrato... Mira su soledad, se pone a dibujarla.

—Otto, no te aburras —dice—, yo me sé el camino al campo divertido.

En la huida I

Aquellos pueblecitos eran como él mismo, encalados —y no como sepulcros—, flotantes sobre el verde de espesura. O clavelitos blancos salidos de un corazón de piedra. "Estos sí que están vivos, no tienen pretensión de espectro. Por ello les mana el agua, la dan como una bendición".

En las alturas, Ramón inflamaba sus ideas sobre la estupidez que le había tenido embargado en el pasado reciente. ¡Qué tonterías! ¿En qué le afectaban realmente? ¿En qué cambiaron su vida? Todo quedaba lejos, muy lejos, como visto desde muy arriba, en perspectiva caballera, en proyección acimutal. No era extraño. No había ni punto de comparación entre la brevedad de los oteruelos manchegos y aquellas magníficas vistas. Claro, es una estupidez subir un montículo para contemplar la llanura, cuando resulta que la llanura se basta a sí misma. Tierra que oculta sus aguas y que mata sus verdes y que no late y que se llena de ruinas. Pero qué estúpido resultaba también estar continuamente comparando ambos espacios. Se ve que necesitaba de umbrías, de sombras, de ocultamientos de sol. De montañas de verdad y de valles.

Renacía porque por fin se sentía a sí mismo. Recordaba al Ramón de otros tiempos, el espíritu joven y combativo, al aventurero. Volvía a comparar... "qué estupidez".

En la noche, que en más de una ocasión la hizo bajo las estrellas —refulgían y sonreían—, no tenía motivos para acordarse de ningunos ojos. Antares le escanciaba un néctar ataráxico y conformista. Las pequeñitas y desconocidas estrellas le infundían el amor panteísta que alivia el deseo epidérmico. Un breve arrepentimiento, eso sí, lo recorría y lo incordiaba. Le había dicho a Azucena que andaría unas semanas por el sur peninsular. ¿Qué había pretendido en realidad? "Todos los hombres sois iguales" —se exclamó con ironía en la soledad de grillos y ranas—. La negrura del cielo le llenaba el alma. Reverberante, pero sin luna, como un espejo huérfano en la noche, el pueblecito también le sonreía desde la altura de enfrente con una mueca muy humana y comprensiva. Los farolillos le disparaban a través del valle titilantes besos. Todo estaba envuelto en magia. Se repetía satisfecho con un suspiro: "¡ah, la vida!"

OSCURIDAD DE UNA NOCHE DE VERANO

Antes solía hacerlo con mucha frecuencia. Pero perdió la costumbre. Le había venido cierta añoranza, como una evocación, probablemente en algún olor que flotando en el aire —¿qué aire?—, se había colado por la ventana, había pasado por el sillón donde componía un poema, y se había echado a dormir en la cama. Así es que entre el recuerdo que le vino en el sillón, y el que le vino al desplegar las sábanas, Alonso se dijo que lo mejor, tal vez, fuese salir a dar un paseo. Desde luego las huertas del río ya no existían, tampoco distinguiría el canto del autillo en las altas arboledas. Daba igual, buscaría las cercanías del río para ver si podría experimentar de nuevo aquel aroma ingrávido y por el momento también anónimo. "¿A cuento de qué se evocan las cosas? Lo vamos a ver".

Tomó el bastón, se vistió de luto y se echó en busca de los grillos. Por supuesto que camina con lentitud. Por supuesto que medita. Anota en la memoria cualquier verso, cierto, que luego se olvida. Da la casualidad de que no hay luna. Echando cuentas pensaba que tendría que haber una luna grande y oronda un tanto rojiza, picada de viruela. Seguro que saldría más tarde. También esperaba una noche más fresca y se da el caso de que esta tiene un sopor que invita poco al paseo. ¿Por dónde pudo venir el aroma si el aire es seco como el de un desierto? Algún que otro transeúnte vaga por las aceras, tira de las correas de las mascotas. Viceversa. Alonso avanza con la esperanza de encontrar cualquier corriente de aire al doblar una esquina. Saluda: "buenas noches" —dice con tono frío, que es un alivio—, e igual le responden. Un hombre descamisado, sentado en el poyete de su casa, con la puerta entreabierta dando bocanadas de oscuridad, también le saluda con un frío "buenas"; es otro alivio.

Ocurre que, paseando así, las canas de don Alonso se sienten más orgullosas de exhibirse, y su cuerpo menudo se halla más elástico, juvenil, atlético. Hacía mucho tiempo que no respiraba el ambiente de calle cargada de verano, olor vacío de pesantez, de caminos y cansada libertad, como suelen ser casi todas las noches del verano manchego. Avanzaba arrepentido de haberse perdido tanto tiempo esta experiencia. En alguna callejuela oscura, vacía y solitaria, ejercitaba Alonso una metafísica del reencuentro con el alma, una metafísica anti aristotélica, pues como él decía: "no necesito de Dios como motor y tengo que demostrarme mi existencia no de manera exclusivamente contemplativa, porque esta es una contemplación deambulante". Se cruzaba luego alguna que otra pareja comiéndose a besos, abrazados y consintientes. En efecto, "la exageración del amor". Y construía otra metafísica del amor completamente distinta a la platónica, que ya se sabe que es la gran teoría del amor, como pasión absoluta y destructiva en que el ser humano abraza la imperfección por sí misma: el pecado del egoísmo. Desde luego se puede vivir no como hombre, pero se muere como ser humano. Fulano puede vivir como un animal tirado por la correa del instinto, pero recupera su verdadera naturaleza en el último aliento. "¿No buscarán quizás eso en el beso los enamorados?".

En la negrura de sus meditaciones, en la negrura de los paseos arbolados cercanos al río, en el intersticio de las farolas ciegas, un joven alto con gorra de visera y un cigarrillo entre los labios le pide un euro. Alonso se tienta y atilda los bolsillos, los aplasta y señala que no lleva nada. El chaval sube la visera de su gorra, a la lejana luz se dejan entrever los cráteres de la luna.

—¿Cómo que no, viejo —le dice antipático, con escasa educación—, ahora mismo me los chirlas..., vamos, *ráscase.*

Alonso, todo medroso y nervioso no sabe cómo reaccionar. Se queda mirando al demandante con cara de bobo. Es larguísimo el tiempo, y por eso le da tiempo a pensar en la riqueza de la sustitución de "chirlas" por "coquinas", versión vulgar de "apoquinas" y estado de "acoquinado" en que él mismo se siente. Y el otro, como lo nota, y además no le gusta la sospechosa parálisis, ni la distancia profesoral, le agarra el bastón...

—Vamos, joder, que no tengo *toa* la noche...

Pero no hay euro porque en verdad que Alonso no lo tiene. Así que el joven dobla la rodilla y zas, zas. A la primera no, pero a la segunda, el bastón se parte...

—Anda el vejete *agarrao*, tontaina —y vuelan los trozos.

La sombra, bien encasquetada de nuevo la gorra, se pierde farfullando paseo abajo, remontando el seco caz. Alonso, el pobre, vuelve sobre sus pasos. Mejor hubiese sido no salir. Aquel aroma, aquel aroma, claro, era el aroma del miedo al prójimo, que también lo había olvidado. De todas formas, había merecido la pena, porque hay qué ver qué riqueza evocativa la del "me los chirlas", ya lo quisieran los posmodernos.

En la huida II

Alguien había encendido las velitas. Se reflejaban de tiritera en la mar negra del puerto. Nadaban espantadas en el agua y eran como bocados de perlas para los jureles.

Cuatro pequeñas barcas traían en su panza las platas azogadas, prestas para el sacrificio. Algunos salvaban la madera y las redes y caían al agua con bofetada de placer. Los ojos extrañados de Ramón viajaban por los perfiles escondidos de aquellas gentes, menudas y hoscas, arrugadas de mar como callos humanos. En todos los lugares de España el sudor deja huella. El puerto marítimo era para él un arribo de las lejanías, una promesa de exotismo. El bullir de los peces atrapados, el parpadeo de las luces, las voces, el ajetreo, la pugna por la mercancía. ¡Vida! —decía de forma audible— y seguía con los ojos a un viejecito con la garrota rota que recogía las sobras echadas a perder y los pescados sin posibilidad de huida, revueltos en un fango de hielo y en la suciedad de la lonja.

Continuaban las voces. Griterío de hombres de la mar, lelilí capitalista de la cercana África. Ramón grababa con su móvil cualquier minucia. Paseaba entre hombres que no sabían de paseos y que se habían dejado los ojos en la mar. A través de ellos sentía en las profundidades y la satisfacción de la captura. Selfi. En aquel ambiente de olor a sal y pez se debatía su alma donjuanesca, capturadora también, y se purificaba. Buscaba a alguien que lo pudiera embarcar hasta que un marinero cubierto de plásticos lo agarró del brazo y lo llevó hasta el patrón. Saldría a faenar.

Compartió el video y la foto. Azucena fue la primera en contestarle: "¡Qué bien te lo pasas! Das envidia. Aunque no sé si estas son horas..., ¿es que buscas trabajo?" En efecto, no eran horas..., ¿en qué estaría pensando?

Continuaban las voces, las pujas, los amontonamientos de las descargas, los corros. Concertada la hora de embarque, sabiendo las horas que le esperaban y el equipaje que podía llevar, Ramón buscó la salida del gigantesco cementerio marino por una de aquellas puertas, portadas que miran con bostezo aburrido al mar y al dique. Escapó buscando el amanecer. Olía a mar y a café y se aclaraba el cielo. En la lejanía, sin embargo, una neblina desfiguraba la línea del horizonte. Apenas rompía el sol. Ante aquella niebla escuchó en sus profundidades el temor de estar cubriéndose de nieblas. Tembló. Eran ya superfluas las lucecitas artificiales, todo a su alrededor había tomado el tono azulado del miedo en que se sumen las cosas cuando van a ser descubiertas. También notó su alma azulada. Tembló nuevamente. Se iba a echar en la mar: "Ya sabes, Azucena... estás invitada, por si quieres, el fin de semana".

El agua, el aire, el sol abrasador habían dejado sus caprichos en la piedra. Antropomorfos, zoomorfos, fitomorfos, tecnomorfos. La piedra acariciada, pulida, tallada, golpeada por el clima, por el tiempo, por los agentes, todo tipo de agentes. Las fuerzas que fuerzan. Aquí, allá van imponiendo sus formas, es decir, van deformando, poniendo huella y dejando un sobrante. Apreciamos el sobrante y sospechamos que es lo esencial, pero lo esencial a lo mejor fue ya robado, destruido, invisibilizado. Igual lo que queda no es sino la mera apariencia de lo que fue, la falsedad, el puro engaño. Mismamente como las personas. Una hermosa forma en lo que fue una ¿perfecta forma? Es posible. Pero la piedra, la piedra sin embargo resiste. Porosas, adaptables, maleables y persistentes. A los cuerpos hay que aplicarles la fuerza, solo son si ofrecen resistencia. Aquí resistentes a mis manos, a mis pies, a mi fuerza y esfuerzo, al sol que aprieta.

Mochila al hombro, como cabra montesa, asciende Ramón por los parajes kársticos. Desciende, serpentea. Oquedades, calderos, agrios, tornillos, pasadizos. Desafíos a la gravedad. Analogías tecnológicas. La piedra resiste y el agua huye, el ardor se camufla, el viento se insinúa. Haciéndose arte, generándose un carácter, mostrando-guardando el espíritu.

No sabemos en quién y en qué pensaría el hombre de las placas solares, el ingeniero aventurero. Pero cierto es que no deja de pensar. Que cree haber superado el pasado, claro, pero no sabe, aún no sabe que no lo ha superado, y por eso piensa tanto en él. Dichoso pasado. Con todo el pasado que había tenido, y pensar que nunca le habían quedado formas kársticas y caprichosas, calderos y tornillos, pasadizos, laberintos de piedra y retruécanos en su alma. Y engaño, mucho autoengaño. Llegan momentos en la vida en que algo se tuerce y se enrosca, se forman dolosas dolinas y entonces se descubre que no se está preparado para la vida, porque el espíritu estuvo envuelto en la burbuja de la felicidad, sin fuerzas a las que resistir, que es la de no darse cuenta de las desgracias del vivir, la vida sin apenas erosión.

Elena también había sido carne. Capricho. Agente. Había notado su fuerza, pero no en qué lo había convertido. Después de cierta rabia y de cierta ansia de autonomía e independencia absoluta, empezaba a sospechar de sí mismo Ramón. Sospechaba de su complicidad y de su mudez, de su cerrazón de ojos, de no haberse mostrado desnudo ni a los demás ni a sí mismo, pero especialmente a Elena. Se ve que aquella neblina del mar entró en sus huesos, día obsequioso de peces, pero de un frío interior terrible que se había quedado a vivir dentro, como cal húmeda.

Unos buitres aprovechaban los círculos del aire para trazar el tiralíneas de sus ojos. ¿Sería él un buitre de sí mismo? ¿O sería su propia carroña? ¿Se estaba engañando en realidad? Creía que todo este sentir era nada más que la desazón del avance del verano. Pero no. Nuevos pajarracos trazaban ahora círculos. Parecían círculos de humo, el cielo se llenaba de trazos negros. El graznar de algunos cuervos hacía eco en las peñas y extendían sus ondas haciéndose con el paisaje. Era el mismo eco que sentía dentro de sí. Acompañando a las tres imágenes que acaba de subir, un curioso dromedario, un tornillo casi a punto de caer sobre su cabeza y el trazo candoroso de los buitres en el cielo, curioso video, Ramón añadió unas líneas, a medio camino confesiones, a medio camino metafísica: *está claro que el viaje es una huida, siempre he insistido, todo hacer es un huir. Pero el viaje, y más este en el que los buitres me sobrevuelan, ha sido una huida de mí mismo. Creo que he refrescado mi alma, pero he perdido un tornillo. Así que me ha dado por pensar que tal vez es que me traje el alma en el equipaje. Todo viajero ve vida y frescor. A mí me cuesta. Yo creía que el alma no salía de casa y que allí nos espera. Que sin ella vagamos o viajamos creyendo ver todo, y lo que ocurre es que no llevamos nada, salvo cuatro ropas con las que nos disfrazamos el vacío. Pero yo, yo me la he traído.*

Ahora sabía, en efecto, el porqué de su tiritera en el puerto, el porqué de aquel temblor, es que se había traído el alma, erosionada, a punto de romperse, y se le había convertido en miedo. Ahora lo notaba más, porque al miedo le sumaba el regreso. Se le estaba acabando la vacación, la acción de vacar. Pulsó "enviar". No habría dado tiempo a leer, cuando ya recibió dos *likes*.

Diálogos sobre la nada

Cristino y Alonso conversan. Isabel los escucha. Ellos conversan sobre la nada y ella escucha pero no entiende nada. Es que los poetas hablan sobre cosas extrañas, y las que son de suyo sencillas las convierten en raras, muy raras. Como eso de la nada que tampoco da mucho de sí, porque claro, nada es nada y se acabó. Otto que piensa más o menos lo mismo, le da la razón con su silencio y su pereza.

—Era como ahondarse, desaparecer, irse, consumirse. Algo así a como cuando se quema una pelota de ping-pong, se consume muy rápido y no deja nada. Pero siempre quedaba algo y había que intentarlo otra vez. Era una constante insatisfacción. Claro que también tenía su satisfacción, era una voluptuosidad del pensamiento, o no sé, quizás un pensamiento voluptuoso.

—Verás, Cristino, eso son cosas que a mí me sobrepasan. Me suena a aquello del pensamiento que se piensa y a la pura contemplación. Y digo yo, ¿qué es eso, sino la no vida? —Alonso volvía a ponerse profesoral, a ser don Alonso—: acuérdate, siempre asomado a la ventana, ni triste ni alegre, sin hacer nada, tanto, tanto, tanto tiempo.

—Es que estaba a punto de conseguirlo —sonríe el joven guiñando un ojo—, era como haberse acercado al estado de Dios, porque solo a Dios le está permitido contemplarlo todo y no hacer nada...

—Debe de ser como un buen rey —interrumpió Alonso—, aunque en tu caso te estabas pasando de soberbia, la soberbia de quien quiere ser lo que no puede ser.

—Pues Otto sabe no hacer nada. Es un perro muy sabio, ¿verdad? —Isabel no quería perder la oportunidad de departir y ser tenida en cuenta.

—Tal vez, hermanita. Pero acusarme no es tampoco justo, ni afirmarlo es la verdad, seguro. Lo que me consumía de verdad, y era a la postre lo que no me dejaba llegar a la nada, era la tremenda angustia que sentía de no ser hombre, la imposibilidad de ser hombre; el sedentarismo de la enfermedad, que era mental, y que me había castigado y condenado.

—Pues considero que fue un milagro salir de ahí...

—Y yo —interrumpió Cristino—, y yo, claro, claro que lo considero algo extraordinario, porque qué puede cambiar la inercia sino una fuerza, en este caso una fuerza desconocida, una fuerza que me hizo ver una cosa curiosa, al hilo de lo que ocurría en las portadas, ahí abajo. Me lo enseñó Cancerbero. Es que no hay ninguna posibilidad de cambio fuera, de lo que está ahí apartado, rodeándonos, si no te cambias a ti mismo. Y claro, tú no te cambias si no cambias el exterior. Lo vi y se acabó: el perro merodeaba porque se abría la puerta, y la puerta se abría porque el perro merodeaba.

—Caramba, muchacho —dijo Alonso— has abandonado la poesía para siempre, y te has echado en brazos de la filosofía. Ya no hay quien pueda contigo, te va a pasar lo que a un amigo mío poeta...

—Es posible, Alonso. A este lado de la raya somos hijos de lo conceptual. Y recuerda, tú estás al otro lado de la raya, así que me resulta muy difícil explicarte cuál es el límite que veo ahora entre la poesía y la filosofía.

—Y cuál va a ser sino el mismo que ya intuyó Parménides.

—Pues yo creo —intervino la pequeña Isabel— que la poesía está en los ojos, porque en los ojos se ve la verdad. Yo la he visto en uno de los duquesitos de Osuna, era una verdad tristísima.

—¿Ah sí, Isabel?

—Sí, y además, sé que por esa tristeza los niños les ponían cuerdecitas a los pajaritos. Otto lo sabe también, que es un perro que no puede llevar collar.

—Pues eso, entonces yo me di cuenta de que iba poniendo cuerdecitas al cuello de los pajaritos que estaban cerca de mí, entre ellos Isabel y posiblemente Otto, mamá y tú, Alonso. Así que no quedaba otra que quitarse el collar y soltar las cuerditas. Y todo el mundo a volar.

—Vaya, vaya. El pequeño Cristino se ha hecho todo un hombre, es decir, todo un filósofo.

—Es posible. Pero además te voy a decir en qué sentido he echado a volar. He echado a volar dejando de lado el dibujo y la pintura tradicionales, y la poesía tradicional. Ahora me interesa su mestizaje.

—¡Época de mestizajes! ¡Época sin esencias! —Alonso pensaba que, precisamente en estos tiempos, lo que había que salvaguardar eran las esencias.

—Sí, ya sé que piensas que son tonterías... pero mestizaje. Echo a volar porque tengo la absoluta certeza de que el reto no está en hacer nada, o la nada, sino en hacer, porque esto es realmente lo inevitable, a lo que hemos venido, y hay que... hacerlo —recalcó el *hacer* y alargó el *lo*— bien.

—Gran verdad esta.

—Y, por último —haciendo un gesto con su mano derecha para que Alonso no lo interrumpiese de nuevo—, es el caso que voy a volar de verdad, porque la semana que viene empiezo la rehabilitación para caminar. Asun me ha dicho que estoy ya preparado.

Alonso e Isabel no pudieron reprimir la emoción. Aquel era Cristino. Al poco sonaron las llaves, vibró la puerta de entrada. Reventada y alegre, Fausti llegaba a casa...

—Hola..., hola a todos —venía embargada de contento sin duda—... Cristino, ¿es verdad lo que me acaba de contar Asun?

LA SOMBRA

En la noche hubiese sido solo una sombra, y ya habría dado bastante miedo. Las dos amigas habían dilatado la salida. Habían dilatado las cervezas, los vinos luego, las copas más tarde. Las dos amigas, que se ayudaban así a olvidar, querían dilatar las risas, querían dilatar el verano, querían dilatar el olvido de que tenían que olvidar. La sombra avanzaba en dirección a ellas, por la acera de enfrente. Y dudó, titubeó en sus pasos hasta que se detuvo. Las dos amigas dudaron también, pero no dieron importancia al temor. Se agarraron un poquito más del brazo, enmudecieron las risas y aceleraron el paso. Entonces la sombra cambió de acera, con determinación de cortarles el paso. Ahora sí las embargó cierto temor, un temor que se iba transformando en miedo, hasta que las paralizó. La figura se fue haciendo forma, gesto reconocible. Luis avanzaba a grandes zancadas, firme, sus miembros tal vez crispados, rígidos, pregonando violencia. Nani pidió tranquilidad a Elena, tirando de su brazo hacia sí, como si lo que fuese a ocurrir allí no fuese con ellas. La sombra se detuvo, lo suficiente para que los tres rostros adivinasen su estado. Confusas y achispadas ellas. Iracundo él.

—Qué —exclamó elevando la voz, con cierta ironía y mueca de dolor— me tienes bloqueado, y no conforme me mandas a la Guardia Civil. Yo creía que lo nuestro era algo —ellas guardaban silencio, expectantes, asustadas—, ¿qué deseabas, un esbirro, un esclavito? Bien que te tienes merecido todo lo que pase.

Elena hizo atisbo de hablar. Pero él levantó su brazo en ademán de orden, y Nani tiró del de ella, en ademán de prudencia.

—No has querido abrirme. No te has prestado ni a darme explicación. Te he dejado notas en el museo... y tú mutis, mutis —los aspavientos hacían previsible algo peor—, hasta cierto punto no sabía de tu crueldad.

Nani se atrevió a dar un paso al frente, como para interrumpir. Pero Luis también avanzó. Sus alientos se tocaban.

—Aparta, Nani, que esto no va contigo. Tu amiga es una traidora, ¿sabes? ¡Amiga! —sonrió—. Menuda amiga, puedes confiar en ella. Siempre tan sola, siempre tan necesitada de compañía la pobre.

Elena buscaba un resquicio de luz, buscaba las farolas, buscaba la luna... no sabía qué buscaba..., no había nada, nada que diese o reflejase un mínimo de luz, Nada que pusiese orden, razón. Allí la única luz eran sus propios cuerpos, el brillo apagado de los ojos vidriosos.

En esa extrema, opaca reverberación, a Elena le pareció intuir —serían sus ansias de luz— un extraño fragor metálico en la mano de Luis. La mano que se agitaba, y esa, esa otra que se cerraba sobre su palma, nervuda, agarrotada. Pensó que podría ser el reloj. Pero no, no era el reloj, Luis nunca había usado reloj. Luego quiso intuir un drama, porque él gritaba más —Nani se había interpuesto entre ambos— y entonces vio la cuchilla, una pequeña navaja que aún reposaba y que todavía no se agitaba en el aire.

Al pronto, sacando todo el dolor de su raza, Nani empujó aquel cuerpo macho, vociferante, cargado de odio y frustración. Lo empujó, fuerza que nadie sabrá de dónde salió, como quien pretende apartar todos los males, como quien desea el milagro y la conversión de lo tocado. Luis, ante lo inesperado, trastabilló, cedió y de su mano tensa cayeron las llaves.

—Eres un estúpido. Un estúpido, un desilusionante estúpido —gritaba Nani, que había tomado la ofensiva.

—Nada más quiero que me perdone, que me de una oportunidad. La quiero —él, inexplicablemente estaba confuso, al borde de las lágrimas—. Nada más quiero que me den lo que me merezco.

—Que la dejes en paz, en paz, me oyes… eso es lo que ella quiere.

Resuelta Nani tomó la mano de Elena para seguir el camino. Luis apoyó la frente sobre la fachada de ladrillo, donde se había guardado el calor de todo el día. Lloró. Posiblemente, ahora sí que sí, lo había estropeado todo, definitivamente.

En la huida IV y última

Paseaba por la playa. A media tarde se embutía en el neopreno y nadaba. Al atardecer dibujaba en la arena. Desaparecido el sol, dormitaba sobre la toalla. Algunos surfistas remoloneaban también en el enorme desierto aquel. Esperaban, como él, el titilar de las estrellas. En la abierta extensión de aquel espacio moruno, Ramón veía placas solares, molinos de viento, elementos mareomotrices. Energías limpias, sostenibles, adaptadas al entorno, no contaminantes. Aquello era vida, era como un nuevo futuro. Ramón daba por sentado que había pasado ya su fase de contaminación, de estado fósil, que estaba limpio, descontaminado y adaptado a las circunstancias.

Su último fin de semana, y, sorpresa, Azucena le había dado un toque. Estaba en la estación de Algeciras. Se alegró, como si la compañía le fuese necesaria. Se alegró y no sabía bien el porqué. "Pues si ha venido, es porque, no sé, le intereso, le gusto. Ha dado un paso, y ha sido un paso muy grande y muy revelador".

Y tanto, pasearon el atardecer, juntos de la mano por esa misma playa donde días atrás él había tomado el sol, había nadado y se había recreado en ensoñaciones, solo, satisfecho, sin apenas echar en falta nada.

—Parece mentira que una playa tan grande esté tan vacía —le decía Azucena, rebosante de satisfacción.

—Así siempre. Y mira que es viernes, que se dejan caer por aquí algunos hippies, algunos moteros y algunos surfistas.

—Y pensar que tenemos África a tiro de piedra.

—Espera a ver el pueblecito. Y te darás cuenta de que África está aquí.

Pasearon la ciudad. Hablaron de esto y de lo otro, pero no de ellos. Y cenaron. No sabemos qué pasaría por la cabeza de Azucena. Pero más allá de darse la mano, no hubo nada. Ni siquiera un beso, más allá del beso del encuentro en la estación, beso de recibimiento, no hubo proposiciones. Ni siquiera una palabra que pudiese hacer sospechar a Eros. Ni una mirada indiscreta. Estaban muy a gusto juntos, unidos. Estaban como necesitados el uno del otro, sí, quizás, pero no más allá de la presencia, de la compañía, del bienestar ya generado. Siquiera pensar algo más hubiese sido como estropearlo todo.

Cenaron en un pequeño restaurante, coqueto y exótico, en las cercanías de la Puerta de Jerez. Pasearon por las callejuelas. Contemplaron el mar sereno en la noche tensa del Castillo de Guzmán el Bueno y de las murallas.

Tomaron unas copas, y se despidieron castamente hasta la mañana. Viajarían hasta Bolonia, Zahara y si fuera posible, a Medina Sidonia, y si diese, hasta Jerez.

—Ha sido un día estupendo —le confesó a la noche Azucena—, lo he pasado muy bien.

Fue un paréntesis extraño. Como si justamente ahí tuviese que haber ocurrido algo. Pero fue eso, un paréntesis nada más.

—Yo también, también lo he pasado genial. Como hacía años...

Se dieron las manos y se despidieron. Hasta la mañana. Había que descansar. Al día siguiente tocaba el viaje de regreso a un lugar de La Mancha.

A pesar de todo, la armonía no se rompió. Aún les quedó tiempo para dar un paseo por la playa antes de desayunar. A intercambiar risas, a propósito de sus pasados juveniles. Ramón le habló de la Albufera, de donde era su familia materna, y de Elche, donde había vivido muchos años. Ella le habló de un profesor de Latín que la martirizó en la carrera.

El caso es que no se sabe cómo llegó. Acaso al hablar de un primer novio, tal vez por una de esas indiscreciones necesarias en cualquier coloquio, la conversación acabó por desnudar el futuro. Y sabiendo ambos que hablaban de Elena...

—Creo que volveré con ella —dijo Ramón—, creo que en la vida, a pesar de las cosas buenas que nos pone en el camino, hay que agotar las últimas posibilidades.

A ella le pareció aquello como el intento de ultimar los recursos energéticos fósiles, esos de los que tanto él hablaba y a los que tanto combatía. Y le dolió.

Se sonrieron con cierta tristeza. Azucena se excusó, tenía ya el billete de regreso en tren. Tampoco Ramón insistió. Después de un nuevo paréntesis, hubo otro beso, el de despedida.

CUATRO

Elena vencedora. Elena justificada. Elena liberada. Elena se había desatado, escribía en los muros acalorados de la noche cartas a la luna con la fuente que le viniese en gana, en el tamaño que le daba la gana, en la aplicación que le diera la gana. Los ojos negros y relampagueantes, queriendo con la libertad eliminar, borrar las huellas de dolor moral que le habían quedado. Compartiéndolas. Había sido toda una lucha, todo un desasosiego. ¡Y la de gracias y chistes que había tenido que aguantar! Y eso que las imágenes apenas circularon por las redes. Tres, habían sido tres las denuncias, todas demostrables, algunas con testigos, que llevaron a la Guardia Civil a investigar a don Luis Barrientos, reconocido maestro de uno de los colegios de la localidad.

"En el móvil del demandado se hallaron las evidencias que demostraron la manipulación del celular de la víctima, extorsionada, perseguida y cuyas imágenes comprometidas, tomadas sin su consentimiento, fueron expuestas en las redes haciendo uso fraudulento del perfil de la demandante. Y fue peor la información vertida en los medios y la prensa, y fue si cabe más lesiva, más injustificable, más dolorosa. El conocimiento no siempre hace bien. Al hilo de estas investigaciones, que demostraron que el susodicho había manipulado el teléfono móvil de la víctima, que había interferido en sus redes sociales haciéndose pasar por la propia víctima, solo con el objetivo de vejar y degradar la imagen pública de la misma, y más en su condición de mujer, se encontraron, al hilo de las investigaciones, imágenes y grabaciones de niños en actitudes sexuales comprometidas y fuera de lugar, todo ello sirviéndose del papel de educador del demandado. Con lo que me vi envuelta en un ajo que no me correspondía. Y se mezcló mi problema con otros problemas, como si también fuesen míos. Informadas al respecto las familias, se habían generado nuevas denuncias ante el flagrante delito que contempla el Código Penal en su artículo 189. Cárcel, que luego no. Multa, que muy bien, pero con los rotos ya hechos, que serán imposibles de recomponer. Destierro, bien; pero ahí está, en un mundo intercomunicado, en una aldea global. Justo aquí, al lado. Porque, a día de hoy, no puedo evitar el temor de que cuando abra cualquiera de estas ventanas me lo vaya a encontrar".

Todo esto lo escribía Elena a la luz de la luna. Una luna blanda, blanquísima, tamizada, que se posaba blandamente sobre sus cosas y que interfería con la luz de la pantalla del móvil. Llevaba ya una semana compartiendo sus experiencias, contando sus angustias, comunicando con personas que habían sufrido situaciones similares. Limpiándose el espíritu de culpabilidad.

Al hilo de aquellos contactos, en sus paseos de mujer liberada, se permitía mirar ahora a los hombres con desprecio de ausencia. Los pasos de Elena eran de tacón ausente, de sandalia dorada que escala las fachadas de las calles estrechas y se cuela por todas las ventanas y se clava en los oídos fríos de los hombres. En el paseo no llevaba joyas, nada más la plata que le prestaba la luna. No quería llamar la atención de ningún cuerpo posesivo, los despreciaba a todos. Con su nuevo resplandor y la agresividad de su mirada, enfriaba a todo varón transeúnte, como Gorgona.

Cuando paseaba la perrita, con la correa holgada y meneándose, nunca tensada, era el can una amenaza a los pecados capitales en avanzadilla. Enseñaba su pequeña dentadura, soltando algún ladrido. Elena, detrás, iba más segura, pues las circunstancias ya habían quedado suficientemente claras y todos los males espantados.

Tras el trasiego de declaraciones, nervios y ansiedades, reencuentros indeseados, preguntas comprometedoras, intimidad expuesta, iluminada, casi pública nada más con vistas a que hubiese justicia, Elena llegaba a casa y veía el sillón vacío aún, parecía mentira, con la caliente huella de aquel hombre indeseable. Lo recordaba con un escalofrío, como un error, como una mueca irónica que le había jugado la vida y la inexperiencia. Se preguntaba si realmente podría haberlo amado. Y eso la angustiaba enormemente, pues era en aquel hombre, donde ella, sin saberlo, se había estado contemplando. Para aquella soledad, la verdad, prefería esta.

A la mañana siguiente Elena se deshizo del sillón.

Regreso

El calor había disminuido, o por lo menos, no era así como lo recordaba. En el ocaso olía a resquemor de bochornos y soplaba el fresco de los últimos sudores. Sanguinolento el horizonte, el sol se ponía al recostar su piel contra los tejados. Ramón observaba por primera vez estos espectáculos de las decadencias estivales. El haber estado fuera se quedaba como un lejano regusto. Por un momento temió que todo se volviese de nuevo balcones y ventanas, miradas y búsquedas. Encontraba una mosqueante, una deliciosa coincidencia entre aquel balcón semiabierto y su ordenador semiabierto también. En rigor eran el tránsito a otras realidades, esas realidades que ofrecen la posibilidad de escapar de la anodinia presente.

Estaba otra vez nervioso, la serpiente, que lo había estado esperando, le había vuelto a morder en el vientre.

Echó en falta su tabaco, buscó por los rincones un pitillo, remiró en la papelera. Tal vez en el humo de sus pensamientos, el hijo pródigo reencontrase la fuerza de la decisión, un golpe de temeridad. Porque Ramón tenía miedo y necesitaba envalentonarse.

Desde luego que el viaje siempre había padecido de pánico de regreso. También de imposibilidad de estancia. Fue así que los kilómetros se convertían en tránsitos de un drama a otro drama, de un vacío no deseado, que se había convertido en deseo de vacío, a un vacío con deseo. Y es curioso que sabía que mentía, que se mentía, porque en tanto estuvo con Azucena, los días se le hicieron frugales, y pasaron inadvertidos, elegantes y tranquilos. Sin ventanas.

Sonaban los primeros grillos manchegos. Encendían las farolitas su anís. El balcón, abierto, dejaba pasar a la par de las risas correosas de los niños y el runrún de las terrazas, a la noche envuelta en traje transparente, y un perfume de novedosa melancolía, afrutado y maduro. Así, con el balcón abierto, durmió aquella noche el joven ingeniero, descansando del miedo y deseándolo. En los sueños, aún sitió como si las olas lo acunasen, como si todo pudiese ser contemplado desde arriba, desde lo alto. Como si el impedimento del agua, del desnivel, fuesen una bendición que se iba a acabar en el llano.

EL VINO

Hacía más cortos los paseos. No sabía muy bien por qué, bueno, o lo sabía, pero no quería ni recordarlo ni pensar en ello. La verdad es que los años imponen una adusta carga, es un impuesto que se equilibra con la experiencia pero que cada vez se hace más insoportable.

Le gustaría llegar a las afueras, pero no se atreve, así que merodea por las viejas calles del centro histórico y se detiene en rincones, y charla con los vecinos, y cuando se abre alguna plazoleta, contempla el discurrir de la chiquillería. Alguna vez, pocas veces, se sienta en alguna terraza, en pocas y muy seleccionadas, y disfruta de algunos vinos acalorados de los que no sabe si es que él ha perdido el gusto o es que son malos. Lo más seguro es que estén mal servidos y este mal servicio le pone un punto de felicidad en el semblante y otro punto de satisfacción.

Sus ojos están más menudos, su barba más descuidada, sus manos más inquietas, más nerviosas. Él dice que tienen como una tiritera preotoñal. Ante uno de estos vinos se percata de que no repite las calles, tal vez por no repetir los saludos. Ahora quiere darse el gusto de desafiarse. Y vuelve a casa por la peatonal como nunca hacía antes, calle bañada de luz y de conocidos. Así que sale y transcurre en silencio en un primer momento, y vuelve con el ruido al final de la noche.

Cuando contempla a las gentes embebidas en sus móviles, Alonso piensa que es un antiguo y que ya no tiene remedio. Pero qué le vamos a hacer, se justifica con cierto humor y cierta seriedad: alguien tiene que adelantar el futuro, alguien tiene que abrir los caminos a seguir. Ahora, que vaya fiebre. "Que digo yo que no será tan interesante lo que ahí puede verse, y si lo es, me lo pierdo, que es una especie de sacrificio por el mañana. Antes buscaba la vida, ahora no sé qué busco, es decir que he perdido de vista la vida, a lo mejor es por eso que ando detrás de las cosas de la muerte".

En esos momentos en que la metafísica empieza a cobrar más cuerpo, como al segundo vino, Alonso adivina los aromas del otoño. "Pero no te entusiasmes Alonso, que aquellos tiempos en que el olor del mosto cubría a tu pueblo como una gran burbuja, esos, esos no volverán". Y descansaba un tanto sus reflexiones, pero paseaba más sus ojos con disgusto, porque se sentía si cabe mucho más extraño. Si él tuviera un móvil... "Por cierto, están aquí, ya casi, esas mañanas en que adivinar, qué digo adivinar, recordar, qué digo recordar, evocar, el olor del mosto. Claro que, menudo paseo hasta que lleguemos al polígono industrial. Pero sí, allí se reúnen los tuyos, toda esa barahúnda de nuevos gañanes, con tractores y remolques, camiones que pasean la uva espachurrada y que, en torno del gigante lagar, se dejan las cuotas europeas, frutos de las parras altas, variedades de nombre nobiliario, y las nuevas sensibilidades de paladares sibaríticos".

"Jodo, esta es realmente la nueva sensibilidad, ese aromilla que te retrotrae a cuando corrías en pantalón corto por las calles adoquinadas, empedradas, en tanto las lumbreras bufaban el frescor de las cuevas y el dulce y luego agrio olor del mosto. *¡Hala, que lo huelan en sus dispositivos!* —Y esto lo ha dicho en voz audible, lo que ha hecho levantar la cabeza a la joven que guasapeaba en la mesa vecina—. Convendría que no bebieses más. Es la sensibilidad de lo frugal, de lo encontrado, de lo habitual, de lo heredado. La sensibilidad que me viene y me inspira. Claro, si es que consiste no en ver la vida, ni mucho menos en la que otros te comuniquen, que esto es como no encontrar nada, ni siquiera en vivir la vida, fíjate lo que te digo, es que esto es ver a la vida vivirse a sí misma. Bueno, no sigamos por aquí, que será no poner fin, porque dirás ahora que será como vivir el ver que la vida se vive a sí misma... A fin de cuentas, de qué hablas, hablas de un olor, hablas de tus vicisitudes puberales subido a un remolque, hablas de tu mocedad, de tus años no menos felices, años asociables a la uva, cierto. Algo queda siempre. Oye…. ¿no será esto la temperie? Observa… ¿esta muchacha a qué está atemperada? Eso es, a nada, a nada. La temperie queda, es como disolverse en el entorno, comunicar, vivir unido a él, en sintonía o distonía con él. Toma. Descubrimiento: no es que las nuevas generaciones estén a la intemperie, como la de mis abuelos. No, es que no tienen temperie. ¡Están *desatemperados*! Se quedan sin mundo real. ¡Qué bárbaro!".

A él le queda un último vino. Giró veinte grados su silla, lo suficiente para dar la espalda a la joven que seguía guasapeando y levantó la mano a la camarera.

FRUSLERÍAS Y OTRAS COSAS

A la pequeña le gustaba ver que los días se hacían más azules, que tomaban las paredes un color más melancólico. Ella se las quedaba mirando con mucho gusto. Es verdad que todas esas cosas le recordaban más al colegio, pero alguien le había dicho que el colegio ya no iba a ser el mismo y que iba a estar mucho mejor. Sí, se lo había comentado incluso a Iván, su amiguito, que estuvo jugando con ella en la plaza después de que Alonso la invitase a un helado. Qué gusto le daba el azulón que vestía las viejas paredes. Porque las paredes de su cole eran bien viejas, en especial las que daban al patio de los Jiménez, allí donde se colaban siempre todos los balones. Además, no sabría Isabel decir si se veía la gente más o menos animada, porque las veía como más cansadas, más agotadas, y sin embargo más activas. Lo que sí había notado es que la noche llegaba antes, y esto no le gustaba tanto. Otto recorría la casa olisqueando los insectos de la desesperación. Ella abría más los ojos para que le entrase el mundo, y de vez en cuando, corría detrás de su mamá. Fausti apenas tenía carrera porque enseguida se cansaba, pero compensaba con las sonrisas que le dedicaba a la niña una vez vencida la mamá.

La noche de los helados, incluso Cristino corrió delante de ella. Bueno, no corrió, pero sí es verdad que se cruzó la plaza él solito con sus muletas.

No podía estarse quieta, importunaba, corría, no dejaba en paz a nadie, de continuo pedía el móvil a su madre, pedía ir a visitar a los abuelos —y menos mal que los abuelos no estaban—, pero había que llevarla a regar los nomeolvides —no hay nomeolvides— y a barrer el patio —deja el patio a los vecinos.

Pero lo mejor de ese fin del verano, en el que mamá estaba de vacaciones, era cuando la acompañaba al mercado. A su madre le gustaba el mercado, que era una cosa muy antigua, salpicada de puestos en los que se vendía pescado, carne, verduras, frutas, dulces... *No.* Allí los ojos de Isabel trabajaban a destajo, se le revolvía el deseo de cosas. *No.* Siempre refunfuñaba la pequeña, enmudecía mirando al suelo. *No.* Fausti cercenaba aquellas peticiones y aquellos deseos con un radical "no". Luego venían los tirones de ropa, los tirones de los brazos, los tirones del alma y, al final del día, mamá compraba cualquier insulsez de felicidad. Y gozaba Fausti, porque sí, porque se notaba a la hija como cuando la llevaba en la entraña. Así que aquellos días de mercado eran días de lluvia nueva en campo agonizante.

Los vientos

Alguien abrió la caja de Pandora. De ella habían escapado los vientos, de poniente, de naciente, de septentrión, de meridión. Escarbaban en las fachadas. Eran vientos encarnizados, hordas de salvajes que nadie sabe de dónde salen, ni mucho menos a dónde se dirigen. Las gentes resguardadas en las casas. Las persianas se agitaban, crujían los enmarques y los cristales. Parecía que viniesen a buscarla. Viejos vientos de olor a polilla y de ira arcaica, Elena se sentía acosada como Susana. Ellos la miran con ansiedad visceral relamiendo los cristales de la ventana y

Elena tiembla en su lecho. Algo tenían aquellos silbidos que le traían a su mente la soledad, la desnudez, el ánimo quebrantado. El otoño de uva madura la había sorprendido desnuda de verano y las pasiones del mundo pretendían lacerarla ahora, como látigo contra su piel, como vieja rasgadura en nueva sensibilidad.

No era posible que la hubiese llamado. No era posible que fuese su número, el de él. A tal extremo había llegado la duda que había rastreado todas las huellas, todos los registros, todos los pasados ocultos detrás de aquel número, y sin quererlo, había llegado a otros tiempos. Diremos que unos tiempos ingenuos, de inconsciencia, de absoluta falta de experiencia. Es decir, los tiempos de la felicidad.

En el negro de sus ojos se adivinaba un atisbo de miedo. Había mandado un mensaje a Nani, pero Nani no se manifestaba. Le hubiera gustado contestar aquellas llamadas, trazar un vago mensaje, una insinuación quizás, pero en la que hubiera abierto una vía de ayuda a la llegada de sus palabras. Pero la cajita de Pandora no respondía. Y cuando respondiera, ¿qué vendría después de las palabras? Luego de visto, revisado el número, luego de haberse asegurado que era él, no quería pasear su mente por los carnavales de la vida, ni tampoco por las noches frías de hombre, ni por los cafés indiscretos de miradas, ni entre murmuraciones. ¡No quería pasado!

Si no fuese por el viento, si no fuese con el ruido que hace al trazar la curva en las esquinas... Seguro que había sido el viento el que había traído aquellas llamadas perdidas, o echadas a perder. Esperanzas o amenazas dejadas en su agonía. Claro que tenía miedo de enfrentarse al viento. Porque ella misma era viento, viento de aquí y de allá. Pero viento lento, viento etéreo e inmaterial. Viento bello, casi brisa aterciopelada. Aquellas dentelladas de huracán la advertían del riesgo de ser arrastrada. Y eso era demasiado.

Desde el lecho, proyectando su vista en el vacío que había dejado el sillón, se dibujaba ante su imaginación aquel hombre de vivos ojos y abrigo largo. Un hombre del carnaval, hombre de tentación, hombre de 40 días y posiblemente de 40 años. Sonrió entonces a los vientos desafiadora, aquel hombre, si los vientos le daban la oportunidad, podría ser suyo. Nada más tenía que esperar la próxima llamada.

Justo entonces llegó el mensaje de Nani. Le decía que estaba con Ramón y que tenía que verla.

JUSTICIA, LO QUE SE DICE JUSTICIA

En aquella niña estaban las virtudes de todos los tiempos. De los pasados y de los porvenir. Aquella niña llevaba en sí, infartadas, las manifestaciones de sentimiento gastado, ahora revivido, y todas las sensibilidades, las verdaderamente humanas, *in nuce*. No era una niña, era un prodigio, era un milagro. Así, al menos, la veía Alonso. En su frente, hermosa como un lirio en mitad del llano, reposaban las calideces de todas las cosas, las virtualidades y sus posibilidades, recreadas y por lo tanto más tangibles y menos peregrinas. Llevaba en una mano la realidad y en la otra la ficción. Su sonrisa lo decía todo. Era la promesa de la tierra, en ella, por fin, se aunaban dos cosas que Alonso en sus plurales observaciones nunca había visto: el amor y la novedad. Al fin, los tiempos corregían el impío carácter de las gentes, y su entrega inercial a lo ajeno, a lo impuesto.

Cuando jugaba con su perro, cuando tomaba de la mano a otros niños, cuando conversaba. Isabel era un ángel, ángel manchego caído del cielo, una lluvia milagrosa que habría de fertilizar la tierra. Pocos niños o ninguno, pocos viejos o casi ninguno llevaban dentro el don, el don de la temperie, la absoluta adecuación a la necesidad del entorno, del espacio, del paisaje, del legado, del reto, por el lugar sobre el que se sostenían. Habría que ver cómo manejaba aquel aparato para mostrarle lo que llevaba dentro. Ruinas, pastores, ovejas, florecillas..., que no. Que no eran fruslerías. Y presente, el campo, casi siempre el campo, el pueblo, su pueblo. El paisanaje, sus vecinos. Tenía la indecible capacidad de contagiar a los amiguitos el amor por la realidad. Tenía la increíble capacidad de convertir lo irreal en materia digna de ser sentida. En efecto, aquella niña era y no era terrena. En ella estaba la promesa, sí, todas las promesas de la tierra, del lugar claro, eso que ahora quieren llamar "sostenible". ¡Ja! Sostenible. ¡Qué tiempos! Y siempre a cuento de conceptos con tintes monetarios.

Alonso sentía un orgullo de ahijada que a veces lo enajenaba, lo embargaba, pero que le daba una satisfacción como pocas. La gran satisfacción. La de poner sentido en su vida. Precisamente había sido Isabel, sus peticiones, las que le habían puesto delante de sus ojos el error. Él se había quedado en el pasado, anquilosado, queriéndolo, amándolo tan ciegamente que le hubiese gustado imponerlo de nuevo. ¡Qué deslealtad con el lugar, con la tierra! ¡Ejemplo soberano de soberbia, de orgullo patrio fosilizado! Pero ahí estaba ella, ahí estaba su sonrisa.

Sin embargo, las vicisitudes de los últimos días la habían deslavazado un tanto. No podía imaginarse don Alonso a la niña delante de una jueza, tampoco podía imaginarse después de lo acontecido que la niña tuviera que convivir visualmente durante algunos momentos con el hombre que le causara el mal. Ni siquiera imaginó que aquella niña llena de sensibilidad, de candidez, tuviera que enfrentarse a sus propias imágenes, congeladas, indignas, utilitarias, fisgonas y lujuriosas; unas imágenes humillantes, a lo mejor humillantes para ella sola, pero humillantes, muy humillantes a fin de cuentas. Sí, si no eran nada, una mera recreación, sí. Si solo fueron dos fotografías, más curiosas que vejatorias. Sí, se extralimitó el adulto, pero fue un error. No hubo más. Sí, sí, todo lo que quieran, todo lo que digan. Pero eso no se hace con un ángel caído del cielo.

Los alborotos de padres y madres, los comentarios, los insultos, las crispaciones, las noticias, la terrible y supuesta, la terrible y necesaria, la terrible y transparente información que se ampara en el derecho a estar informado, habían echado nuevamente sobre la niña una capa de tristeza y de soledad. Estaba aprendiendo el miedo, sorbiéndolo, dejando que formara parte de ella ya casi irremediablemente para siempre. El miedo y la anodinia que embarga a una sociedad *desatemperada* que huye al través de las ventanas. Las circunstancias estaban haciendo de Isabel una persona adulta a la fuerza.

Nuevo tríptico de amor

Los cuerpos sobre el suelo, amándose desnudos. Elena se aísla, se pierde en las caricias rítmicas, se pierde en los acezos intermitentes. Ramón muere. Él no sabe si era esto lo que quería, pero, Dios, qué hermoso. En el entornarse de los párpados de ella siente él cómo se le aleja, sin embargo. Hay un como desprendimiento de la hembra, de cuanto pudiera unirlos. ¿Y qué es lo que nos une? Pregunta estúpida, irónica, egoísta. Muy fuera de lo que tendría que estar uno pensando (que no tendría que estar pensando en nada). La epidermis, ni siquiera la piel, la epidermis es lo que nos une. Y presiente con angustia y con placer que acaso ha sido el preámbulo del otoño lo que los ha unido y los ha traído aquí, el afán de una cosecha. ¿Hasta dónde estaría dispuesto a tomar él? ¿Y a dar? Los brazos, las manos, los dedos de Elena se clavan en su espalda deseosos de más. Besos, besos que son como heridas abiertas en la carne. Besa Elena y besa Ramón, ya como si lo que acababa de nacer fuese a acabarse. En esos besos va el deseo del momento, va el hambre de futuro, se concentran todas las imágenes del presente, todas las imaginaciones habidas y prestadas. Y hay también como toda una huida del recuerdo. A lo mejor se trata de la filosofía del amor, perverso, que huye y recuerda. La angustia y la pérdida, el desamor, la libertad entregada. Todo está en esos movimientos, en esa fiereza, en esa hambre.

Un flotante rayo de sol, huido de las lamas de la persiana, roba el sudor de la piel de Elena. Olor a mar. Ramón siente celos y dudas. Del Sol, del sudor, del mar, del amor, de sí mismo. Y una rabia inmensa contra las circunstancias. La entrega de Elena es total, como su desnudez. En ella todo se ha quedado de repente desnudo: desnuda la habitación, desnudos los pensamientos, desnudo el amor, Ramón desnudo. Y tras los pensamientos que se piensan como pensamientos, al final de las caricias y de todos los ritmos, también, el vacío, ese otro eterno extraño, tan íntimo, denuncia la imposibilidad de amar eternamente. ¡Qué exagerado es el amor! Descansa ella como bello ángel caído, una venus limpia de mundo. Ramón la observa con ojos de espejo. Se desvanecen sus pensamientos en el disfrute de la visión. Elena se ha guardado todos los deseos en su desnudez, ha leído con facilidad el capítulo de Ramón y muerde los celos del futuro y los de él. En ese hermoso desnudo azulado, Ramón escuchaba la llamada del instinto innegociable. Las piernas de Elena se ataban a los musculados muslos del varón, buscando más la presencia que la seguridad.

—Ya ves, yo aquí y tú allí —y le señalaba el otro lado de la loma, detrás del camino de San Marcos—, es que parece que me persiguieras.

—Oye, perdona, que yo no sigo a nadie, que yo trabajo aquí hace ya un año, y a lo que veo se alarga la cosa. Y todo es por culpa de Patrimonio. Es más —añadió Ramón pícaro y encantador—, que yo vengo a trabajar y no a pasearme.

Azucena se paseaba feliz, en efecto, al lado de Ramón. Estaba especialmente alegre en aquel día que parecía juvenil de primavera. Sonreía y ponía gracia en sus palabras, en sus gestos, en su mirada.

—Oye, Ramón, que si puedes, vale, porque yo no tengo prisa.

—Mira, prefiero hacerlo ahora. Luego iniciaremos el montaje de un nuevo huerto a dos kilómetros de aquí, al otro lado de la comarcal. Tendrá que venir aquí, no estaré y, seguro, no sabrán resolvértelo. Perderé entonces más tiempo.

—Es que es importante, porque en el informe añadiremos dónde va a ser la actuación y qué se pretende rehabilitar. Espacio de riqueza paisajística y defensa arqueológica no son términos que queden claros. Es posible que estemos ante un yacimiento medieval. Los cimientos de la ermita, que se conservan, así lo indican.

—Será una hermosa convivencia la de la historia y la tecnología en estos parajes. El brillo metálico y la opacidad de la piedra.

—No sé yo cómo interpretarás tú eso, pero lo de la opacidad no me suena bien. A mí estas piedras me parecen cálidas, hermosas, dan resguardo, ofrecen hogar. En tanto tus placas..., no sé yo tus placas, con todo lo solares que son parecen frías.

"Hoy desde luego brillan menos que tú" —pensó él.

Ramón abrió la puerta de la caseta en la que quedaba el despacho. Desplegó los planos sobre lo que parecía una mesa. Sus manos, nervudas, morenas, se paseaban por el papel, delante de los ojos de Azucena, remontando caminos, pequeñas, distanciadas isolíneas, las minas.

—Anótalo. Justo aquí. Creo que serán cinco mil metros cuadrados. O si no, déjalo, te mando la ubicación.

Atendía Azucena al disfrute del profesional: "Seguro que ha nacido con un plano bajo el brazo". Inclinado sobre la mesa, descuidado.

Azucena se rehízo y de todas formas anotó.

Volvieron sobre sus pasos, después de ofrecerle él un café de termo que ella desestimó. Bajaron el camino donde empezaba a proyectarse la sombra del pinar.

—Esto, ¿cómo dijiste? —se hizo la interesada interesante.

—¿De qué?

—De lo que será una hermosa convivencia en este paisaje, lo del patrimonio y la tecnología.

Ramón se detuvo, como si la solución estuviese alrededor suyo, en un lugar del entorno. Azucena a su lado. Ramón la miró, extrañado, tratando de adivinar a qué se refería. Ella, sin aviso, se elevó sobre las puntas de sus deportivas y besó sus labios con fresca ternura, entre las luces y las sombras.

Elena intuía algo. Sabía algo, porque en ella, y en las cuestiones de amor, va unida la intuición a la sabiduría. Paseaban juntos, de la mano en la fresca noche de las Fiestas Patronales. A Ramón no le parecía una buena idea. Era exhibirse, ponerse en la atención de los ojos ajenos. La había esperado pacientemente a la puerta de la Sala de Exposiciones. Fue allí donde lo encontró Alonso.

—He visto el atardecer desde mi atalaya. ¿Cómo le va al hombre que está sembrando de espejos el llano?

—Vamos, Alonso, no soy mas que un pagado. Y a la tierra no le queda más remedio... —sabía que por ahí no iba bien y calló.

Alonso lo invitó entonces a tomar un vino, subiendo la voz, compitiendo con el murmullo ambiente que esperaba el paso. Y Ramón se excusó, señalando con la barbilla la puerta del museo.

—Ay. Ya sé..., los excesos del amor, joven, son así. ¿No se acuerda usted de aquello? El amor —salió la vena profesoral— siempre ha estado sobredimensionado.

Y Ramón intuyó que aquella sobredimensión, a él por lo menos, le estaba asfixiando.

Entonces Elena tiró de su mano. La figura del Cristo con la cruz a cuestas, apareció en el desaparecer del sol. Aquel fervor... ¿sería el mismo que el de generaciones pasadas? Probablemente no. En verdad que el amor estaba sobredimensionado, pero estuvo sobredimensionado ayer, no hoy.

No te hagas ilusiones con el progreso

Y cómo podría decirle que aquello, a él, a él por lo menos, no le parecía, para nada, el progreso: las máquinas excavadoras abrían zanjas, como grandísimas, larguísimas, extensas trincheras de guerra en lontananza. Amontonaban la tierra y los grandes bloques de piedra en los márgenes de la brecha. Los caminos, ensanchados, blancos y brillantes con la luz del sol, serpeaban entre los oteruelos buscando otros caminos asfaltados y finalmente las carreteras. Las vallas se levantaban por doquier, asolaban viejos senderos que se abrían, readaptados tras un penoso acodo, y encerraban casillas, y asfixiaban los bombos, y mal amalgamaban las piedras. Aquí, allá, un centro de distribución, como un cuartel general del progreso, ponía intendencia, logística y estrategia energética en el paisaje. Encerrado en su propio mundo, tras de su valla metalizada disponía del fruto del cielo para transportarlo a la ciudad, o a donde Dios quisiera. Uno de los bombos, encerrado, había quedado inane, preso en la esquina de una parcelación, apenas un metro su puerta del vallado. Desde luego que se conservaban las construcciones, sí, como en latas de conserva. A mano derecha el paisaje ennegrecido, espejado, dejaba ver el avance triunfal de las huestes fotoeléctricas. Inmensos espacios que otrora eran pastos, pobres pastos entre vastos derrubios y gamonales, se había escudado en posición de testudo tecnológica.

—Qué le voy a decir, joven, que esto no me gusta, no me gusta para nada. Esto me recuerda más a la Primera Guerra Mundial que a la tierra de don Quijote.

—Hombre, tuvo que salir la patria. Le he traído aquí para que vea cómo crecen los grandes huertos solares...

—Yo los llamaría latifundios solares..., y eso de energías limpias..., que le pregunten al usuario de ese bombo, el pobre...

—No se enfade Alonso, que luego queda muy limpio, muy pulcro. Esas casillas, estos bombos, los pozos y aljibes, las cuevas... ¿es que cree usted que todo eso se conservará por sí solo y para siempre? Posiblemente sea una oportunidad para que perduren algo más en el tiempo... ¿es que el museo es una cosa distinta acaso? —Y al mencionar el museo, un regusto de placer y disgusto se mezclaron, sin querer, en el alma de Ramón.

—No, sin duda, pero tendrían al menos una muerte digna, pasarían, como sus vecinas, por el estatus de ruina, y poco a poco la tierra las recibiría como suyas, como hijas pródigas. ¿Y qué me dice de los caminos? Ya es desparpajo que por aquí transiten camiones. Algunos estaban, a lo menos, desde época romana y medieval...

—Que sepas que si te he traído hoy es para que veas algo bueno, prometedor. Es, curiosamente, algo sobre lo que me hizo reflexionar la pequeña Isabel, cuando esto no era siquiera proyecto, y que aquí se va a poner en práctica. Creo que le va a gustar, pero ya lo dudo.

—Joven, es el salto generacional. Y la patria. Yo creo que no nos entenderemos. Además —meneaba la cabeza el anciano como resignado y con disgusto—, no te hagas ilusiones con el progreso. Usted, en cierto modo, acaba de cargarse la patria. Duró, sí, pero hasta aquí.

—¿La patria? Eso es una cosa que saca a relucir solo usted.

—Irreconciliables. Se lo digo yo. Porque, ya ve, yo soy viejo, ¿verdad? Pues soy la patria. Y usted viene de una tierra que en los últimos sesenta años ha esquilmado todo. Viene preparado para esquilmar, aniquilar, destruir, transformar, por muy limpio que quiera ponerme el asunto, y por muy futurista y por el bien del planeta, y todo lo que quiera, esa milonga rara para alimentar pájaros... pero, claro, usted viene de Levante, o bueno —dudó e intuyó Alonso—, del mundo, y he aquí que estos son los quehaceres de la aldea global, esa de que tanto hablan, aliada ahora con el perigallo de las energías limpias.

—No hombre, no. Vamos a armonizar. Aún dentro de lo que hay, se pueden hacer cosas más sensatas...

—Qué quiere que le diga yo —Alonso, enfervorizado, no dejaba explicarse al ingeniero—, un mesetario, un hombre que ha perdido, al parecer, la sensatez. Un pobre hombre que se traga los disgustos y se dice, ea, aquí está, la nueva sensibilidad. ¿Qué vamos a hacer ante la nueva forma de sentir?

Ramón sonreía, no obstante, ameno, satisfecho con lo que quería mostrar al viejo, ese viejo que desgraciadamente tenía algo de razón. Convencido de que su labor era una minimización del mal, una posibilidad de subsistencia, al coronar un caminejo, aún, probablemente, romano o medieval, señaló al horizonte y habló como un general:

—Observa Alonso, nuevas formas. Ahora sí. He aquí mi proyecto, el que me aceptarán y entrará sin duda en fase de prueba. Se trata de una nueva disposición de los huertos solares y en los huertos. Yo los llamo, agrohuertos solares —se entusiasmaba el joven. Ves —pero Alonso no veía nada, aunque ahora se dejase explicar, como si fuese a acontecer realmente un milagro—, no hay grandes líneas, ni vallados, son terrenos agrícolas y ganaderos. En este espacio, los paneles se dispondrán en ínsulas, islas en torno a las que se podrá deambular, que permitirán el pastoreo, y la convivencia con el cultivo de productos arbustivos, como la aceituna de mesa, la viña tradicional airén, o la de espaldera menuda. También ideo algo para el almendral y pistacheros. Así lograremos compaginar la actividad primaria con la energética, disminuiremos la herida en el paisaje, e implicaremos en las energías limpias a las actividades económicas tradicionales.

Alonso permanecía mudo, indeciso. Intuía, quería ver, pero sus ojos le daban para las cosas del pasado, no para las del futuro.

—Es curioso, pero fue cuando Isabel, tras presentarme a un pastor amigo suyo —continuó el proyectista—, me preguntó: "¿y por qué no se quedan las cepas y los pastos con los paneles? Y eso, eso sí que me pareció a mí progreso.

—Joven, no se haga ilusiones con el progreso.

EL LLANO EN NEGRO

Una, dos, tres..., lentas, muy lentas suenan las campanas. Manchas negras cruzan, revolotean, trazan signos en la plaza del pueblo. Las mujeres forman coros murmurantes y plañideros y las más atrevidas aletean con sus faldas de uno a otro acrecentando las notas de la tragedia.

En la tarde, tediosa, inusualmente calurosa, se prolonga el verano. Las campanas persisten bailando a su son. Impregnan de la misma sustancia los sentidos: metal y pausa. Son golpes de bronce que rompen el alma de una comunidad, que se expanden como fragor en el aire y cubren como una gran burbuja, más allá de la torre del museo, la ciudad que no olvida ser pueblo. Sin embargo, se respira una frialdad de niebla y hay tiritera de futuro.

Un largo coche azul marino espera frente a la portada plateresca. En la esquina, cerca del Ayuntamiento, casi bajo los soportales, y en un vacío olvidado, dos cámaras de televisión papan el silencio. Un joven melenudo persigue ancianas con su micrófono. Los corrillos se hacen y deshacen. En la jamba de la puerta eclesial, junto a la calavera, don Alonso hinca su hombro. Desde lejos Ramón lee su abatimiento; es una escultura más.

—En verdad no se sabe cómo ha sido. Nadie dice nada sensato. Cada cual tiene su versión. Pero verás, yo para mí que...

Es una señora en exceso emperifollada que junto a Ramón trata de dar explicación a lo que no la tiene. La señora hace gestos y visajes raudos, como si su sistema nervioso estuviese acelerado. Sus interlocutoras la miran de hito en hito. Y Ramón busca nuevas perspectivas, pero ninguna es halagüeña. Todos los halagos se quedaron en el pasado, estancados, fríos, como esas ruinas que había ayudado a salvar.

Por un momento se elevan los cuchicheos y parece que al pueblo le ha salido rocío negro. Y el enjambre de cucarachas empieza a introducirse por la puerta de la iglesia cuando más a muerto tocan las campanas.

Dentro de la iglesia, la señora, entre histriónica y triste, prosigue su soliloquio. A su alrededor las otras mujeres parecen atentas. Ramón se ha sentado tras de ellas. Allí delante del altar distingue de nuevo la figura temblorosa y dubitativa de Alonso.

—Al parecer estaba fría, blanca, en una noria la pobre. Tuvo que caerse, pero no se descarta nada. Habéis visto cómo están ahí los de la televisión, dos cadenas nacionales nada menos. Que vete a saber, porque estamos rodeados de mal. Hay tanto malo. Sería de noche cuando ocurrió, porque no voy a decir lo que dicen las malas lenguas, que Dios las juzgue. La sacaron esta mañana muy fría. Estaba muerta. Lástima, tan inocente ella, tan guapa, tan buena. Qué desgracia de familia. Lástima que tuviese que reunirse tan pronto con su padre.

Las cabezas asentían. Ella, nerviosa, retorcía sus manos.

—Qué desgracia. Fijaos —señalaba con la barbilla—, el hermano así, el padre ya bajo tierra y la madre tan trabajadora como sufrida, la pobre. ¡Ay las madres! ¿Y ahora qué?

A la pregunta, nadie responde, nadie puede responder. El menudeo de estolas, casullas y sotanas rapta la atención de los parroquianos. Será porque este menudeo de hombres de Dios es, al parecer, la única, la última respuesta. Alonso ocupaba un lugar tras los bancos de los rigurosos lutos. La madre hipaba, floja, atolondrada, abandonada sobre el hombro de Cristino, que era el único que mantenía alta la cabeza.

—Escucharon ladrar a su perro al amanecer, tan loco y tan desesperado, que no tuvieron por menos mis hijos que acudir a ver qué era lo que ocurría. Tienen allí un olivar, ¿sabes? ¡Quién iba a imaginar! Al parecer anduvieron buscándola toda la noche. Se encontraron a una pobre desgraciada con escarcha en los ojos y con sangre en la boca, estaba recién sacada del hueco. Ya ves.

—Alma bendita, Dios la tenga en su seno —esta vez sí, una acompañante contestó, embargada por la emoción, inconscientemente—. Chiquita alegre, tan guapa. ¡Lastima sus abuelos! Allí llegan.

El murmullo se apagaba. Dentro de la iglesia las campanadas eran más agudas, menos distanciados los ecos, como si el problema estuviera fuera en realidad.

Isabel dulce, la pequeña, no iba a volver nunca sus ojos en busca de los colores con que se viste el campo. No iba a correr nunca más con Otto. No regaría con agua nunca más las nomeolvides. Isabel estaba muerta. Ella misma había cogido su última flor. Era una flor violeta, pequeñita, un azafrán silvestre.

En efecto, las campanas hablan de la muerte. Pero en verdad hoy han muerto todas las flores del campo. Y se han vuelto azules los ojos que ayer buscaron tras de las ventanas. Se han muerto hasta los versos, las pinturas. Se han muerto incluso algunas personas que siguen vivas.

"¿Qué puede esperarse de un mundo en el que hay estas muertes? Es esto lo que une a todas las generaciones. El llano está negro, lo veo todo negro, sin vida..., ahora sí" —piensa Ramón.

TRÍPTICO DE LOS OCASOS

El campo, el mismísimo terruño había robado a la niña, se la había engullido en un pronto ocaso de otoño. Se quedó para sí la inocencia de vida y había arrojado sobre la ciudad cercana un velo de noche. ¿Qué podría ver ahora Ramón en aquellos horizontes? Sentía una angustia tremenda ante aquella parafernalia tecnológica, ahora inane e improductiva. Era como si hubiera estado trabajando para ella, para la niña, para todas las niñas como ella, esos niños y niñas que sin desearlo todavía añoran un futuro mejor.

Y él estaba allí ahora, justo en medio, en medio del drama, como un trebejo movido por una lógica superior, una lógica incomprensible, una verdad escrita que nadie puede leer, que nadie puede intuir. Él había descubierto la noria. Él, contumaz, se había empeñado en mantenerla. Henchido de orgullo había desafiado a capataces, directoras, presidentes. Se había aliado con el enemigo: la historia, el patrimonio, la conservación y un sector primario, envejecido y desilusionado. Inspirado por su musa infantil, había incluso diseñado espacios tecnológicos de cuento en el llano manchego, limpios, respetuosos, bien intencionados, de los que se sentirse profundamente orgulloso. Allí tenía sus dibujos, en la magnífica aplicación. Y sin embargo, en la cresta de su soberbia, en el enceguecimiento de su éxito, a la ninfa se la tragó la tierra, cayó en la tumba que él mismo había excavado, y todo careció ya de sentido. Ramón no podía trabajar así, no podía trabajar allí. No podía trabajar. Todo carecía de... de, sí, de humanidad.

Una corneja interrumpió sus meditaciones, Se cruzó graznando ante su vista, de derecha a izquierda y se posó sobre el mástil de un vallado aún no terminado. Ramón sintió un asco agorero, tremendo. Estaba erradicado, sacado de cuajo, sin posibilidad de alimento. Y un payaso irónico, él mismo, le sacaba mayor dolorcillo con un penoso comentario: ¡Hale, pídele ahora a la IA cómo pasar el trago, cómo arreglar el asunto!

Volvió sobre sus pasos. Aún latían las campanadas del oficio de difunto en sus sienes, y vibraban en el aire, en el campo. Los operarios cuchicheaban como las viejas de la iglesia y lo miraban de hito en hito, con la misma lástima quizás. Faltaba la lluvia y los caminos estaban polvorientos. El azafrán silvestre salpicaba las cañadas poniendo una alfombra vistosa y pasional en las vías pecuarias.

En aquel momento solo Elena podía ser su esperanza, y pensó en sus brazos, unos brazos en los que arroparse.

Sentía vergüenza solo de pensar en la posibilidad de visitar a Alonso. Vergüenza de cruzarse con la familia de su inspiración. Vergüenza de sí mismo. Avanzó hacia el vehículo, empañados en polvo sus cristales, y húmedos los ojos. Sin decir nada, tomado por la desazón, se puso en camino del abrazo consolador.

Cómo podría ser que se le hubiese pasado la vida como un sueño. Pensaba con el remordimiento de quien ha vivido engañado. Él se había engañado con la idea de dar su cuerpo a una tierra que era su alma. No pudo sospechar la crueldad de aquella alma. Ni nadie podría comprender que era la tierra la que había dictado todos los designios. La patria, que solo puede ser el legado de los padres. Cómo se había engañado viendo en la tierra un legado. La patria no tiene físico, es otra cosa. Lo había tenido delante, en un cuerpecito iridiscente y lábil como una flor. Y no lo había visto. Había creído que la niña era un mensajero de la tierra, un mensajero para la tierra, para la patria, la engañosa patria. Y la patria era la niña.

Se lucha contra la tierra, las huellas que quedan en la tierra son, precisamente, el signo de los antepasados, la manifestación del espíritu heredado, la patria. La tierra simplemente dicta los designios. Aliada con el tiempo, con el espacio tiempo, hace y deshace parcamente las vidas y corta los hilos de las marionetas.

Paseaba sus ojos noctámbulos de *ultracuna*, intentando abarcar en el ocaso todo su pecado y toda su ignorancia. Era una muerte otoñal. Había llegado hasta allá andando en peregrinación dolorosa, atravesando el llano, infringiéndose el dolor que se merecía. Allí estaba la noria, las fauces extremas, noria de muerte, puerta de Hades, herida siempre abierta. Los operarios de la empresa habían acabado de cegarla otra vez, y la habían vallado. Todo había ocurrido como si hubiese sido un asesinato, el asesinato de la felicidad, del derecho egoísta a escapar de la soledad, de la melancolía, de la venganza airada del tiempo, de las gastadas evocaciones. ¡Qué gastado y qué viejo se sentía don Alonso! Con aquella sangre había la tierra regado su futuro, estaba claro que no quería manos de seda que le robasen las flores, que le hiciesen competencia.

Alonso, con un breve "yo lo sé", dio la espalda al paisaje, a la tierra, a los pozos de la aculturación, a toda la intrahistoria, a todo futuro irreversible.

Fausti, era de prever, había absorbido en su piel el negro luto que le había puesto el destino. Era difícil, muy difícil levantarse tantas veces. Y sin embargo había sembrado. Había puesto esa semilla de esperanza que empezaba ahora a dar su fruto, aunque fuese un fruto que no podría aprovechar. Era Cristino su apoyo y su alimento. Él regaba sus raíces. Era lo único que le quedaba en el universo de los vivos.

Inaudito ver ahora a aquella mujer diligente, silenciosa y sufridora, sentada junto a la ventana recibiendo los cuidados de su hijo, un hijo que a pesar de la tristeza crecía y se hacía hombre. Irónica ironía, perdía la vista por los vidrios de la ventana, contemplaba los ires y venires de Cerbero, el temor de los transeúntes al cruzar las portadas, indiscretamente abiertas, dejando asomar los desconchados encalados. Como sus vísceras, su corazón, roto, ella que tanto había luchado por sus hijos, por su casa... quién iba a sospechar que su amado Dios iba a arrebatarle lo que tenía por más seguro, el consuelo de su vejez. Ya no había ganas de vivir. Una gran descreencia se había apoderado de sus miembros, de su cabeza. Ya no podía más. Porque ¿qué podría moverla ahora? Sí, ahí estaba él, con una tierna sonrisa en su rostro, secando sus lágrimas, dándola de comer —quiso sonreír, pero no pudo—, joven recuperado, joven luchador. Le recordaba a su propia juventud..., quizás las desgracias se hubiesen acabado ya. Pero no, no, porque esto es la vida. Hecha a penar, es decir, hecha a vivir. ¡Qué suerte la de aquellos que pasan por ella sin heridas! Aunque seguro que no los hay. Fugazmente cruzó por su mente la figura de Alonso. Quiso decir algo al respecto a Cristino. Pero tampoco pudo. Y luego recordó a su amigo, al que fue su marido. El compañero. A duras penas le llegaba su imagen. Se repetía el retrato que había sobre la cómoda; pero no era él, ni era su sonrisa. Estaba olvidado, prácticamente olvidado y ahora venía, espectro vacío, como si quisiera..., como si quisiera llamarla. Señal era de que ella estaba también vacía. Hizo un nuevo intento de preguntar a su hijo por Alonso. Y no pudo. Cristino contemplaba su impotencia con impotencia, y se encerraba más en el IPad. La madre lo veía sufrir. Intentó levantarse entonces. Pero tampoco pudo, no es que estuviera débil, es que no podía, no había espíritu más allá de la carne. Cristino se acercó aún más. Le tomó la mano, le tomó la mano y lloraron juntos. En el regazo de la vida en común, la madre sintió la necesidad de incorporar a Cristino, de levantarlo para que continuase con sus ejercicios. Pero sería mañana, mañana. Las sombras crecían y la luz se apagaba, Cerbero ladraba con desusada rabia.

CINCO

"Esa mujer, ya nunca levantará la cabeza —le dijo Nani—, son demasiados golpes en la vida y todos muy duros, y este, además, a destiempo". En comparación con aquella biografía de mujer luchadora, la suya le parecía de mercachifle. Y, sin embargo, ella seguía empeñada en luchar, luchar por la liberación de la mujer. Y lo haría como mejor sabía, en política. Inflamando, concienciando. Luego sentía como que le faltaba carácter y que se desinflaría, porque ella no era como Nani, ni como la tal Fausti. A Elena le faltaba carácter y la política es fundamentalmente lucha, tesón y algo más que administrar un museo.

—Bueno, es una diferencia de tiempos. Las mujeres como la madre de Cristino hacían lo que no tenían más remedio que hacer. Para nada tenían que plantearse la situación de las demás mujeres. Había que sacar adelante unos hijos y ahí se acaba todo. En cierto modo esas mujeres son como hitos que silencian la esclavitud, porque lo normal era lo otro, estar a la sombra del patriarcado. Ahora —y daba con el puño sobre la agenda— tenemos una ventaja, mujer, sabemos muy claro la sociedad que queremos, y no queda otra que cambiarla, cambiar algunas cosas.

—Sí, pero yo..., yo no soy como tú...

—Nadie es como nadie. Estaríamos encantadas de que vinieses a formar parte de nuestra agrupación. Tienes experiencia en gestión. Eres innovadora. Deseas cambiar cosas. Y encima, has vivido en propia carne la lepra machista.

—Que sí, Nani, que sí, pero quiero pensarlo. Se me amontonan las cosas.

—Oye, Elena, —sospechaba la inteligente Nani—, que la decisión es propia. Vamos, que has de tomarla sola tú. Déjate de interesados —y alargaba el silbido del plural masculino.

—No, si yo me dejo de interesados, pero ¿a qué tanto interés por vuestra parte? —se notaba que Elena estaba cansada de la murga política—. Queda poco, muy poco para que se reabra el juicio. Voy a tener que ver a Luis. Además, ya sabes, la cosa se ha complicado con el asunto de la pequeña. Tengo miedo y siento angustia.

—Pero ¿qué podrías hacer tú? No eres sino una víctima en todos los sentidos.

—¿Y si se demuestra cierta conexión entre el desgraciado accidente y las famosas grabaciones y fotografías?

—Venga, ¡qué puedes temer!

Elena iba de un miedo a otro. Los repasaba, y no quería comunicarlos con Nani. Nani intuía sin embargo por dónde iban las cosas. Claro, no era solo el temor a vérselas con el indeseable de Luis, quien se las había ingeniado para hacerle llegar algunos mensajes, algunos con chantaje y otros simplemente con amenazas. Era el temor a tener que dar explicaciones a Ramón, que tan afectado estaba por la muerte de la pequeña. Y era, sin duda, que Elena sabía más de lo que habría podido confesarle como amiga. Lo de la política era peccata minuta, simplemente tenía miedo de que se abrieran más las heridas del hombre al que quería, y de que se viese envuelta en alguna suciedad por aquel que no quería.

Viendo el temblor de manos al manejar el móvil, Nani invitó a su amiga a dar un paseo. Elena aceptó.

Cristino había encontrado la inspiración en la desaparición de su propia hermana. En las vueltas y revueltas de una sociedad revuelta y a vuelta de todo. Trabajaba con retratos de Isabel, cándida y sonriente en primer plano, más viva que nunca. Isabel abrazando a su perro Otto. Isabel con una flor en la mano. De frente, perfil, tres cuartos. En blanco y negro. En gama de rojos sobre fondo gris. Fondos rojos bajo las sombras de la sonrisa en trágico POP. En el azul inundado de nomeolvides como Ofelia. Como un pétalo y estambres de azafrán silvestre de Arcimboldo. Eran una crónica, un homenaje, una venganza. Crónica de una injusticia. Crónica de una sociedad injusta, permisiva. Crónica del odioso pero consentido azar. Del azar caprichoso. Homenaje a la alegría de vivir. Homenaje a su hermana que con el azar modelaba libertades. Porque por más que aquellos retratos no gustasen a su madre —trabajaba casi en secreto, a espaldas de ella, aunque ella lo sabía y tristemente consentía—, eran la consistencia de lo que nadie podría robarle ya: la presencia de sus propias vivencias, las que se llevaría consigo a la tumba —y esto tampoco quería explicárselo a su madre, aunque probablemente lo entendería— y que eran su hermana tal cual había sido para él. Y por supuesto, era una venganza, una venganza contra quien se había atrevido a arrebatarle la dignidad al cuerpo de su hermana, contra cuantas cosas y gentes ayudaron a arrancar el corazón de su madre. Contra la muerte misma, que se había atrevido a llevarse un alma sobre la que no debería haber puesto la mano. Ahí estaban sus obras, ahí, para que a través de ellas conociesen. Para prolongar el silencio de quienes habían pretendido imponer otro silencio. Él hablaría. Él gritaría. Él haría oír a Isabel.

Nada febril, para nada tomado de las musas, ni de la manía. Sereno, dándose en la poesía como nunca lo había hecho. Cristino había madurado y necesitaba estar en paz con el mundo. La Inteligencia Artificial le reportaba una asombrosa fuente de recursos, en ella disponía él sus sentimientos, la acidez de su crítica, el amor a su hermana, la misericordia para con su madre.

Cuando bajo cuerda, y en un intento de limpiar la conciencia, alguien le pasó dos fotografías comprometidas de su hermana y su amiguito, Cristino generó multitud de imágenes evocadoras, impactantes, conmovedoras. Agregaba a ellas el relato de cómo había sido extraída del pozo, tomando por modelo las emersiones y la temporalidad de Viola. ¿Quién podría decirle ahora, decírselo a él, que aquello no era poesía, que en aquello no iba puesta toda su sensibilidad? ¿Quién iba a contarle que no era un reclamo para sensibles?

Para nada quería pensar en Alonso, pero aún sin quererlo, no podía evitarlo. En el fondo sentía una profunda lástima por el viejo, mezclada con un superficial desprecio. No podía evitar ver en él a una víctima, y, también, a un verdugo. Y así, aunque era inevitable borrar toda huella, lo que con él había aprendido y cuantas vías de sensibilidad le había abierto, Cristino inventaba ahora nuevas rutas, nuevos métodos. Desaprendía, criticaba con fuerza furibunda la tradición, todo aquello que aquel poeta podía representar.

Pulsó entonces "enter", y esperó a que la sinergia de lo desconocido y de sus necesidades se encontrasen en el ciberespacio.

Dos fotografías

Cuando Nani vio las dos fotografías, no pudo evitar que la emoción y el asco aflorasen a su rostro. Fue como una tremenda punzada que acicateara sus convicciones. Una rabia inmensa se apoderó de ella. Pero ¿qué hacer? Estaba cada vez más convencida de que la acción era el único recurso. La voluntad política exigía cambios inmediatos a partir de vicisitudes inmediatas, y labrar, labrar así para un futuro mediato. Por el bien de todas las niñas y niños del mundo era necesario el activismo, por su futuro, la ideología, una ideología abierta, crítica, comprometida. Los tiempos estaban disolviendo las izquierdas y las derechas que, a la postre, eran izquierdas y derechas en el gran tronco espiritual de Hegel.

Tomó su móvil y escribió un mensaje, y otro, y otro. Grabó un audio, y otro. Llamaba a la alerta. Llamaba a la expectación. Daba un toque a propósito de las declaraciones en el juicio, de las posibles relaciones entre la muerte de la niña y el juicio precedente por abusos y pornografía infantil que se estaban investigando. Entre medias, los intereses de la Empresa VSP Solar, del propio Ayuntamiento, de Patrimonio. Aquello era un amasijo de estupideces, de velos conscientes e inconscientes en el que se perdía el verdadero sentido, el de las necesidades de la gente, el de la voluntad de que en un futuro nada de aquello volviese a ocurrir. Para unos el accidente era una simple coincidencia. Para otros, el accidente obedecía a la ligereza con la que se trató el primer asunto. Unos querían quitarse de en medio. Otros deseaban que los otros se mantuviesen en la escena para pasar ellos más desapercibidos. A la postre, lo interesante desde el punto de vista sagaz de Nani, es que, en estas luchas, en estos postureos, quedaba al desnudo toda la trama social, capaz de mantener sus prejuicios por no dañar intereses e imagen.

Aquel era el mismo amasijo que bloqueaba a Elena. Era la masa informe de todos los temores, el temor al juicio social, el temor a la reacción del hombre o de la mujer que amas, el temor de la propia responsabilidad, el temor a enjuiciarse a sí propio. Todo eso había que precipitarlo, era como una costra que petrificaba la vida.

Con las fotos en su smartphone, y aun sabiendo de su propio pecado al portarlo, Nani fue a ver a Cristino. Conocía de buena tinta que hoy lo encontraría en el museo.

AL CIELO

Elena veía con ojos desabridos, pero el intelecto muy atento, aquellas imágenes plásticas aún no materializadas. Bueno, falso: Cristino había llegado al museo con una tela de impresión digital, montada en una caja de sesenta centímetros de ancho y de alto. La imagen era impactante: una niña dormida y palidísima —que a todas luces era Isabel— flotaba sobre un estanque de nomeolvides de un azul intenso. Elena disimulaba, pero analizaba los referentes, vicisitudes estéticas y, sobre todo, de dónde venía aquella fuerza, aquel impacto que emanaba del rostro cándido y pueril. Y disimulaba más, porque sospechaba que el impacto podría residir en su propia subjetividad, es decir, en sus propios miedos, en la vergüenza de sí. Pero no, no, aquella obra tenía fuerza, mucha fuerza, se imponía objetivamente.

Cristino la dejaba respirar, y de hito en hito la miraba. Aquellas miradas le parecían a ella inquisición vital, ni mucho menos una inquisición artística. Era como si el chiquillo hubiera adivinado su pusilanimidad. Aunque Cristino lo que exponía en su mirada y sus silencios era la respuesta de una crítica, de una especialista. Hasta que habló:

—Solo querría, primero, exponer aquí. Es como una deuda con el pasado, con mi hermana. Es como una deuda conmigo mismo, con el lugar.

—Eso no es problema. Lo sabes. Con la inmediatez que tú quieras —a Elena le costaba mirar a los ojos, los ojos inquisidores de aquel muchacho que llevaba sobrescritos los dramas en su cuerpo y en su mente—. Para lo que queda del año, disponemos de dos quincenas.

—Y no, no es eso solo, quiero llevarla luego a Madrid. Me gustaría aprovecharme de tus influencias, saber que puedes llevarla allí. Las conoces bien, las galerías, digo, de interés... y yo, yo quería saber si podrías... si ves esta obra allí —Cristino volvía al "book" que portaba en su iPad— ¿crees que merece la pena?

—Cristino..., creo que merece la pena, de verdad. Y puedo intentarlo, claro.

La mirada inquisitoria se endulzaba. Señalaba el joven como certificando lo bien que quedaría aquella obra expuesta y montada en la sala baja del museo. Elena veía la posibilidad. Y estudiaba la capacidad que la Institución tenía para imprimir parte de la obra. Porque era costoso el montaje, y el presupuesto escaso. Se bañaba en las imágenes y en las palabras la responsable.

—Claro..., ¿recuerdas la artista conceptual que conociste aquí? —Cristino asintió— pues ahora mismo está exponiendo en la Galería de Javier Aranburu, creo que es un espacio que a tu obra podría irle... Es una buena carta de presentación, es que todavía necesitas un nombre ¿sabes?

—Sí, claro, de Madrid al cielo.

Y en ese preciso momento, Cristino recordó a su hermana, y se prometió a si mismo que quizás su madre y él podrían abandonar la sordidez de aquel pueblo con ánimos de ciudad.

El abismo

No era el mismo. No. No conseguía ser el mismo. Había tenido que declarar ante un juez. Estaba en un paréntesis laboral. Nada, nada le anclaba ya al lugar aquel, o así lo sentía él al menos. El invierno se había echado encima y no daba oportunidades a las expansiones de la bicicleta. Los brazos de Elena se desmoronaban. Las inquietudes políticas de ella y sus amigas lo asqueaban. Último golpe indigesto, además, Azucena había hecho algunas declaraciones que le perjudicaban y le hacían responsable de las medidas de seguridad y mantenimiento en los pozos. Y no olvidaba. No olvidaba a la niña. No podía olvidar. Los nuevos proyectos habían quedado apartados. Solo pensar en ellos le producía náuseas. Para colmo, venían los pasados pasados a sembrar dudas y desconcierto.

Y la vida, la relación, las esperanzas se fueron tensando entre Elena y él.

—Pero, Elena, ¿tú sabías algo? —preguntó al pronto, en mitad del desayuno Ramón.

Ella sabía muy bien por dónde iba la cosa. No le sorprendió.

—Saber, de qué...

—¿Sabías lo de las fotos? ¿Sabías que Luis había hecho esas fotografías?

—¿Y qué más da que lo supiese o no?

Fue desabrida la respuesta, casi más hiriente que la pregunta.

—¿Y las viste? ¿Tú las viste?

Una extraña cesura, un como abismo se abrió al pronto entre los dos. Demasiado espacio para salvarlo con la comprensión, para el perdón.

—Entonces lo sabías y las viste —certificaba Ramón entre herido, desilusionado y ofendido— y has callado, has podido callar todo este tiempo...

—Sí, sí, sí... ¿Y qué? ¿Y qué?

—¿Cómo que "y qué"?

Ramón exigía una confesión que sabía que no le iba a llegar, porque el abierto abismo acabaría por tragársela.

—Cómo podría yo medir las circunstancias de mi error —lo confesaba Elena al fin, y se sentía mejor, mucho mejor, pero muy sola, muy sola a este lado del abismo—, quién podría pensar que esa cosa se convertiría en esto. Lo de Luis no fue nada —Ramón guardaba expectante, doloroso silencio—, unas fotos que yo vi, no vi más, no vi más allá, ni más peligro, ni más fotos, ni más de lo que él pudiera hacer... —y Elena rompió a llorar.

—Y las tuviste en tu móvil...

Por un momento, la joven estuvo a punto de decirle, que eso, precisamente eso, y el hecho de que lo amaba, la habían lanzado a hacer cosas para las que no estaba preparada, a hacer cosas por los demás y a luchar por una sociedad más justa, haciéndose ella más justa. Ella, que precisamente nunca había sabido ser luchadora.

Faltaron los abrazos, faltaba la carne. Cada cual naufragó en su océano, con sus propias heridas, en un horizonte extraño, profundo e insalvable.

PEREGRINACIONES

Una tarde sí. Otra tarde no. Hoy no le tocaba. Alonso salía a la ciudad, peregrinaba sus alrededores. A veces, si el tiempo acompañaba, penetraba en lo rural, se perdía por caminos de escaso tránsito. Algún agricultor que volvía de las faenas en su todoterreno. Algún caminante senderista que echaba la tarde en el ejercicio. Algún pastor, pocas veces, que demoraba la estabulación y prolongaba el tedio de la escasez de pastos. El cielo no daba agua. La tierra estaba polvorienta y seca. El gris y la ceniza dominaba la visual. No obstante, el contacto con el aire anunciaba el frío conforme el sol caía.

Hoy no, hoy no tocaba. Hoy pasearía la ciudad, un día sí, otro no. Y cada vez que lo hacía, un día sí, otro no, volvía a casa diciendo para sí que ya no era la misma, que la ciudad, que el pueblo, ya no era igual. Hoy, aún no había salido, y ya pensaba, sin embargo, que, en efecto, la ciudad no era la misma. No era la misma desde que ocurrió aquello, que el campo se tragó su alma. Señal evidente de que no era una ciudad. Pero en el fondo, Alonso sabía que era tan ciudad como antes, y que, quien más había cambiado era él, el señor Austero, anciano, educador, poeta, vejestorio que nadie echaba en falta. A lo mejor por eso, y sin tener que confesárselo, pensó que llevaba mucho tiempo sin subir a la torre. "Será como investigar si ha cambiado o no ha cambiado". Es decir, que intuía algo dentro de sí, que tenía que sacarlo a la conciencia, ponerlo en evidencia.

La soledad, con ser la soledad su gran compañera, su confesora y asesora, se había adueñado de su vida taimadamente, en silencio, con disimulo insospechado. Nunca se había sentido tan solo. Tan, tan solo, que no lo sentía. El viejo, ahora viejísimo Alonso, bastón en mano, tomó el camino de la Plaza. Sombra que se busca, encorvada y frágil, encaminaba al museo. Traspasó la puerta. Saludó hosco y distante —una nueva joven estaba al otro lado del mostrador de entrada—. El viejo refunfuñó algo y giró demostrando conocer los entresijos del edificio. Ella no se atrevió a contravenirlo y lo dejó hacer. Total, era solo un viejo, un pobre viejo.

Las escaleras se le hicieron más empinadas que nunca. Las escaleras se habían multiplicado. La torre había crecido. La torre elongaba su orgullo sobre la meseta. Tuvo que detenerse dos, tres veces. Tuvo que respirar hondo. Suspirar hondo. Recordó entonces a Fausti, la pobre Fausti. Llevaba tiempo sin verla, demasiado. ¿Cómo estaría Cristino? He aquí una primera evidencia, ¿la ves? —se dijo—. Prosiguió camino arriba, a la conciencia.

Allí hacía frío. Parecía mentira. ¿O es que él había llegado acalorado? "¿Es el tiempo o soy yo?" —volvió a decirse de manera providencial, profética—. Se asomó a la tarde. Y la tarde le dio las buenas tardes. "Soy yo, no cabe duda —se respondió con voz sofocada pero bien audible— creo que soy yo el que ha cambiado, alguien me ha robado las circunstancias".

El sol caía al sesgo sobre los tejados y las fachadas. Unos trazos de nubes grises huían del desierto, penachos aplastados y lastimosos. Abajo, todo era calma, como siempre. Y arriba. Como siempre. Columbró en la lejanía, buscando el espejismo de la modernidad, que ya tendría que haberse engullido la tierra. Tampoco distinguió nada extraordinario, nada más pequeñas manchitas, como lunares de la sensibilidad, salpicaban la epidermis del llano. Y allá, cercano, trasegado de caminos, el cementerio elevaba sus lanceolados himnos al cielo. Cuántas veces, en las últimas semanas, había peregrinado a aquel lugar. *Heterotopía* real donde dejar unas flores, lugar de evocaciones e inexistencias. No pudo reprimir el pensamiento de que todo, todo, está relacionado, todo se necesita, por muy inconveniente o antagónico que sea. Los mismos caminos que llevan al cementerio, conducen a las plantas solares, son los mismos que andurrea el transeúnte ciclista, el hombre de campo, el ganado... Todo relacionado, hilvanado, cosido.

"Pues sí, soy yo el que ha cambiado" —lo dijo de nuevo en voz alta—. Al poco la joven del mostrador le respondía, inesperadamente:

—Disculpe, señor —Alonso ni se sobresaltó, también ella había llegado sofocada—, tiene que bajar. Es que no debe estar usted aquí. La subida a la torre está cerrada.

Con profunda calma, retomó Alonso su bastón y echó una última mirada al horizonte.

—Es verdad. No debería estar aquí —a duras penas le salía la voz del cuerpo—. No se preocupe, señorita, ahora mismo bajo, ¿me acompaña?

Sonrió la muchacha y le ofreció su brazo. En el descenso, Alonso le contó que tenía que ir a ver a unos amigos que hacía mucho tiempo que no había visto.

Y allí estuvo después de llamar varias veces. "Parezco peregrino en reposo, en reposo..., qué curioso —pensó—, *per-ager,* por la tierra, reposo en la tierra". Y esperó en la tierra muchos minutos. Poco antes de que se hiciera la noche. Y la noche se hizo. Y nadie abrió la puerta. Enfrente, el entablado de la obra recortado contra la claridad del cielo, refería lo endeble que es todo aquello que se construye en la vida, por mucha solidez que quiera dársele. Cerbero le ladró.

Tríptico de una exposición

Cuando después del éxito de la exposición le comunicaron que lo esperaban a él y a su obra en Madrid, Cristino no cupo en sí de contento. Era una satisfacción que nunca había experimentado. Había pasado el invierno y afuera llovía con ganas. Una empresa constructora había colocado un gran cartelón donde otrora hubiese una gran portada. Ahora no vacaba el perro de la muerte, sino unos albañiles mitad funámbulos que se resguardaban del agua tras renunciar al vaciado del hormigón. Allí quedaban los esqueletos, estructuras de acero, expuestas a la humedad, al vacío y la tiritera. Parecía una triste historia en forja, un monumento a la menesterosidad. Bien podrían haberla llamado "La mansión del Hades": *Proyecto de cuatro viviendas con cuatro dormitorios, salón de treinta metros cuadrados, tres aseos, patio y garaje.*

Tenía ya casi olvidado aquel sonido monótono, valiente sin embargo de la lluvia, conformando regueros y charcos, descendiendo por los canalones, espejando las calles y arrastrando la mugre hasta los sumideros. Era, en efecto, un ruido inspirador. ¡Había tantas cosas en el mundo! Era tan grande, tan amplio más allá de la ventana.

Lo primero que hizo fue escribir un correo a Elena agradeciéndole cuanto había hecho por él. Primero, al defender el proyecto, y presentar con firmeza una exposición polémica, difícil y plena de sentimientos encontrados y contradictorios, una exposición catarsis para su madre, para él, para la pequeña ciudad que lo había visto crecer y cohabitar, para una sociedad que había sido espectadora de un drama singular. Para todo el mundo. Elena fue valiente, muy valiente. Había cargado con terribles críticas al poner aquella sal sobre la herida. Después, quería agradecerle sus desvelos y los trámites para que la exposición viajase definitivamente a Madrid. Es verdad que había recibido elogios de la crítica, y el texto introductorio a su exposición, de enorme eco a nivel regional, de la propia Elena, era hermoso, conciso y profundo. La Galería Cero se ofrecía, además, a hacerle un catálogo crítico con la reproducción de las obras más interesantes de la muestra. Uno de los textos, sería el de Elena.

Le solicitaban colaboraciones para una futura exposición y para la que ya había algunos nombres de colaboradores —una colectiva— (Ana Zaragozá y Laura San Segundo): La *nueva sensibilidad* sería el tema que abordaría (o para aclarar más el asunto —tal y como decía la citación—, "la sensibilidad en los tiempos de la posverdad"). ¡Y ya tenía claro su objetivo!: la sensibilidad es la verdad. "La verdad tiene que pasar por el tamiz de lo sensible, si no pasa por ahí, no es verdad".

A ocultas, tomaba ya fotos de la obra de enfrente, que sería su musa inspiradora —no en vano, alguna vez fue el Hades.

Se hallaba efervescente. Feliz. Y recordaba a su amada Isabel, a la que hacía partícipe de todo aquello, hablándole por las noches, antes de dormir.

A Ramón *La nueva sensibilidad* lo dejó indiferente. Pero había podido ver en la inauguración a Elena, que no lo reconoció en un principio, y a Cristino, que no lo conocía. Le hubiera gustado mucho ver al señor Alonso, pero no acudió. Sobre el viejo, Elena le dio vagas referencias. La mañana, en Madrid, había sido bochornosa. Abril se despedía con un calor insoportable, con noches inusuales, más propias de los trópicos. Había vagado por el Parque del Retiro dudando si asistir o no. Al final, como sobreponiéndose, Ramón sintió una extraña curiosidad y una fuerza que en los últimos tiempos echaba en falta. Era que también él necesitaba de aquella catarsis que ya había operado sobre personas y ciudades. Y de hecho, dos nuevas obras sobre la serie "Catarsis" de Cristino, inspiradas en la muerte de su hermana y que engrosaban sus doce obras en la exposición de la posverdad, fueron sus favoritas. Sin mucho más decir, adquirió una: "Emergencia III. La templanza".

—Hola —le dijo él casi rompiéndose por dentro y emergiendo del pozo.

Elena, sonriente entre artistas, tuvo que hacer un esfuerzo para reconocer a aquel hombre que la saludaba.

—Hola —respondió al fin—, qué tal...

El "qué tal", sonó como el eco de la distancia. Había poco que decir. El encuentro inusitado se bastaba a sí propio y no daba más de sí. Ni siquiera se acercaron los rostros. El abismo persistía.

Ramón dio la enhorabuena por su breve discurso en la presentación y por aquella exposición. Elena, con franqueza le señaló que la enhorabuena era para Cristino, que en ese momento charlaba animadamente con otros compañeros de la Colectiva.

—No ha pasado tanto tiempo —Elena resplandecía en su belleza—, y sin embargo, parece que hubiera pasado mucho.

—Pero ha cambiado poco, muy poco —contestó Elena—. Salvo para Cristino. A él se le acaba de abrir la vida. ¿Y tú por aquí?

—En la manzana de al lado trabajo, en Reina Cristina. Sigo en la empresa proyectando huertos urbanos. Ya ves..., no me iba lo rural.

La última frase sonó impropia. Como una justicia de los tiempos que afectaba a ambos. Y ambos eran conscientes.

—A propósito, ¿y Alonso?

—Nada, se le ve poco al hombre. Muy solo, creo.

Apenas hubo más. Ramón se atrevió a tocar su hombro ligeramente en el momento de la despedida. Elena brindó en el aire con su copita de vino y sus ojos negros llenos de brillo. Y donde ambos dijeron "hola", ahora dijeron "adiós".

Alonso sabía que la gran motivación del éxito de Cristino estaba en aquella tumba. Era Isabel. Y en tanto le dejaba las florecillas, le decía: "Siempre velaste por los demás, a pesar de tu ternura de años. A todos nos enseñaste y no supimos leer. Ahora tu hermano recoge tus frutos". El anciano lloraba.

Desde el otro extremo del cementerio, Fausti observaba aquellas evoluciones. Esperaba a que el hombre se marchase para limpiar la lápida y dejar las flores. No quería, no podía ver al anciano.

"Hoy he leído en la prensa una pequeña nota sobre la exposición en la que participa tu hermano..., ¿sabes? Es posible que vaya a Venecia, a esa Bienal, ya sabes. Sería un reconocimiento extraordinario. Otto está muy bien. Ha engordado. Hoy he visto a tus abuelos, que lo llevaban al veterinario".

Fausti espectaba y recordaba viejos tiempos. Esos tiempos que eran, eso, otros, completamente distintos.

Otra vida, otras vidas, otras gentes, otras personas, otras circunstancias. Y en su celo contumaz, se certificaba que era mucho mejor dejar las cosas como estaban. Era como ofrecerle el respeto al destino.

"Sería muy sencillo mandarle un mensaje, ya lo sé, lo he pensado muchas veces, pero tú me entiendes..., no me van ese tipo de ventanas. Podría darle, eso sí, la enhorabuena, decirle que me siento muy orgulloso de él, y desearle lo mejor. Pero esos mensajes tan de moda, en los que se dicen cosas sin necesidad de estar presente, ya sabes, diciendo que se siente lo que no se sabe si se siente, sin sensibilidad alguna, faltos de físico... En fin, que por eso vengo a decírtelo a ti, para que tú se lo hagas llegar".

Con las cosas más claras y la decisión tomada, Fausti remoloneó lejos de la salida, aprovechando el fresquito que empezaba a correr después del tórrido día.

Al poco, el anciano dio la vuelta y se dirigió lento e inseguro hacia la puerta. Iba pensando que, para mañana, la previsión del tiempo, extrañamente, daba lluvias.

Fausti retomó la senda una vez que Alonso hubo abandonado el lugar. El sol declinaba en un cielo aborregado. Fausti sacó un paquete de bayetitas húmedas de su bolso, apartó las flores recién puestas, limpió con mimo la lápida en tanto hablaba a Isabel del éxito de la nueva exposición. Luego colocó con mimo las flores de don Alonso y, al lado, las que ella traía. El sol inundó el horizonte de rojo estirando los cipreses, los encalados del tapial reverberaron en tanto el silencio hacía por sostenerse sobre el lábil zureo de una pareja de tórtolas.

Índice

SENSIBLE PRÓLOGO 5
V. Colorión Plata

UNO 11
La lluvia—La torre—Escapadas—Elena amándose—
El campo—Mi amigo Otto—El diario—Pinturas y
versos—Un desencuentro buscado—Los paisajes
internos—Domingos—La infancia—Noches de
luna—La sonrisa del mundo—Instalaciones—Enfermedad—Paseos con la soledad—Poesía—Navidad—Vuelta—El mundo interior—Nieve—Sueño—
Carnaval—Tríptico de máscaras—De vuelta a la
normalidad—De nuevo la luna—Convalecencia—La
vaguada—Las visitas—Vacío—El tiempo pasa.

DOS 67
Patrimonio—Viento—Claridad—El primer paseo—
Lágrimas—Tríptico de amor—Más flores—La poesía
otra vez—Desamor—En las alturas—Tutoría—El
perfil—Reconciliados poetas—La exposición—En las
mismas alturas—Jugando—Tríptico de la red social.

TRES 105
Humo—Unas pizzas—Verano—El espejo—Cons-
trucción—Huida—El descreído—El descreído
retrógrado—Retrato en la hora de la siesta—En la
huida I—Oscuridad de una noche de verano—En la

huida II—En la huida III—Diálogos sobre la nada—La sombra—En la huida IV y última.

CUATRO 139

El sillón del hombre espejo—Regreso—El vino—Fruslerías y otras cosas—Los vientos—Justicia, lo que se dice justicia—Nuevo tríptico de amor—Entre placas y piedras—No te hagas ilusiones con el progreso—El llano en negro—Tríptico de los ocasos.

CINCO 165

Temor y temblor—Inspiración y creación—Dos fotografías—Al cielo—El abismo—Peregrinaciones—Tríptico de una exposición.

El presente libro aparece
con el número 116 de la
Colección Literaria *Ojo
de Pez*, creada en 1988
por José Luis Loarce. Esta
primera edición consta de
mil ejemplares. Pertenece
a la Biblioteca de Autores
Manchegos de la Diputa-
ción de Ciudad Real